Eugen Egner

Nach Hause

Eugen Egner

Nach Hause

NEUN
MAKABRE GESCHICHTEN

ZWEITAUSENDEINS

Für die Arbeit an diesem Buch
erhielt der Autor freundliche Unterstützung
durch das Land Nordrhein-Westfalen

Jeder Auflage dieses Buches liegt eine jeweils neue,
hier erstveröffentlichte Graphik von Eugen Egner bei,
die der Autor handsigniert hat.

Originalausgabe.
1. Auflage, April 2007, mit der Zeichnung ›Dunkle Gasse‹.

Lektorat: Heiko Arntz, Wedel.
Einband- und Umschlaggestaltung sowie Satz und Herstellung:
Johannes Paus, Dieter Kohler GmbH, Wallerstein.
Druck: Gutmann + Co, Talheim.
Einband: G. Lachenmaier, Reutlingen.
Coverzeichnung und Illustrationen: Eugen Egner.
Printed in Germany.

Dieses Buch gibt es nur bei Zweitausendeins im Versand, Postfach,
D-60381 Frankfurt am Main, Telefon 069-420 8000, Fax 069-415 003.
Internet www.Zweitausendeins.de, E-Mail Service@Zweitausendeins.de.
Oder in den Zweitausendeins-Läden in Berlin, Düsseldorf,
Frankfurt am Main, Freiburg, 2 x in Hamburg, in Hannover, Köln, Leipzig,
Mannheim, München, Nürnberg, Stuttgart.

In der Schweiz über buch 2000, Postfach 89, CH-8910 Affoltern a. A.

ISBN 978-3-86150-782-6

In der Welt habt ihr Angst.

(Joh. 16, 33)

Inhalt

E.E.

Hunde

Um acht Uhr dreißig erwachte Ewert von dem durchdringenden Signalton seines Weckers. Wie ein ausgesperrtes Haustier, das die Nacht vor der verschlossenen Tür gelauert hat und nun, da sie geöffnet wird, hereindrängt, um sich hungrig auf sein Futter zu stürzen, fiel Ewerts Bewußtsein über ihn her. Ewert erinnerte sich, daß er heute zu seinen Eltern fahren mußte. Den Vormittag würde er am Bett seiner kranken Mutter verbringen, der Rest des Tages war dann nichts mehr wert und konnte nur noch in Lethargie abgesessen werden. Das ausgehungerte Tier verschlang weitaus größere Stücke von ihm als gewöhnlich, so daß kaum etwas übrig blieb. Ewert tröstete sich mit der Aussicht auf ein hinreichendes Quantum Schmerzmittel aus der elterlichen Hausbar. Doch um an dieses Ziel zu gelangen, mußte er aufstehen und einen weiten Weg hinter sich bringen. Widerwillig zog er die gelben Lärmschutz-Stöpsel aus den Ohren. Natürlich bellte der Hund. Wenigstens ihn würde er an diesem Vormittag nicht hören müssen.

Das Bellen klang näher als sonst, so als ob es vom Grundstück schräg gegenüber käme. Laut, rauh und heftig, es mußte ein ziemlich großes Tier sein. Seine Ausdauer war unbegreiflich, es hörte praktisch nie auf zu bellen. Ebenso unbegreiflich war, daß niemand dagegen einschritt, ja es überhaupt zur Kenntnis nahm. Ewert schien der einzige zu sein, der den Hund hörte.

Der im Parterre wohnende Vermieter hatte, von Ewert wegen einer dessen Meinung nach gerechtfertigten Mietkürzung angesprochen, verblüfft geantwortet: »Ich höre keinen Hund.« Ewert war sich jedoch ganz sicher, daß er nicht an Halluzinationen litt: Wenn er die Gegend verließ oder auch nur die Ohrstöpsel benutzte, war das Bellen nicht zu hören.

Ewert mußte sich beeilen. Spätestens um halb zehn wollte er bei seinen Eltern sein. Die Beerdigung der Nachbarin war für zehn angesetzt, und sein Vater beabsichtigte, zu Fuß zum Friedhof gehen. Es war schon seltsam, daß Ewert von Frau Plath geträumt hatte, und zwar genau in der Nacht, in der sie gestorben war, wie sich herausstellte, als sein Vater ihn am nächsten Tag anrief. Ewert war sofort mit seinem Traum herausgeplatzt, in der Meinung, dies sei doch überaus ungewöhnlich, hatte jedoch zu seiner Verblüffung erfahren müssen, daß der alte Mann gegen vier Uhr morgens sogar aus dem Bett gefallen war.

Ewerts Eltern waren seit vielen Jahren mit den Eheleuten Plath befreundet, jedoch keinesfalls so eng, daß ein derartiges Ausdembettfallen begreiflich gewesen wäre. Ewert selbst hatte mit der Verstorbenen kaum je ein Wort gewechselt. Während er darüber nachdachte, fiel ihm wieder ein, was seine Eltern einmal von Plaths berichtet hatten. Es waren bloß Andeutungen gewesen, denen dann, als er Genaueres hatte erfahren wollen, nichts Konkretes gefolgt war. Jedenfalls hatten sie nach einem abendlichen Besuch bei den Nachbarn merklich befremdet von »gewissen Leuten« gesprochen, die seltsamen religiösen Vorstellungen vom baldigen Ende der Welt und der Rettung der Gerechten durch eine neue, über den Menschen hinausgehende Rasse anhingen. Er hatte sich nicht vorstellen können, daß Plaths diese »gewissen Leute« sein sollten. Frau Plath war aktives Mitglied der Kirchengemeinde gewesen, und ihr Gatte hatte stets einen handfest-praktischen Eindruck gemacht. Als die beiden einmal verreist gewesen waren, hatte Ewert ein Päckchen für sie angenommen. Laut Absenderaufdruck war es ein Band »Das Beste aus Reader's Digest« gewesen. An diese Dinge dachte er, als er sich ausgehfertig machte.

In der Diele, wo Ewert sich die Schuhe anzog, fiel sein Blick unweigerlich auf eine geheimnisvolle Eigentümlichkeit der Wohnungstür, einen waagerechten, briefeinwurfartigen Schlitz, der fast die gesamte Türbreite einnahm und mit einer von innen zu betätigenden Schiebevorrichtung zum Öffnen und Schließen versehen war. Darüber, in der Mitte, war ein kleines Emailleschild angeschraubt, auf dem zu lesen stand: *Tu deine Pflicht!* Ewert verließ die Wohnung, schloß ab, ging die Treppe hinunter und zur Haustür hinaus. Draußen klang es, als ob der Hund von zwei verschiedenen Stellen aus im Duett mit sich selbst bellte. Bald war davon aber nichts mehr zu hören, Ewert tauchte in den Straßenlärm ein und begab sich zur nahegelegenen S-Bahn-Station. Seit seiner letzten Fahrt mit diesem Verkehrsmittel, dem einzigen öffentlichen, mit dem er als Nichtautofahrer zu seinen Eltern gelangen konnte, hatte ein weiterer Technisierungsschub stattgefunden. Die alten Automaten, mit denen ein Mensch noch mehr oder weniger hatte zurechtkommen können, waren durch etwas ersetzt worden, das dem Passagier vollends die Würde nahm. Fassungslos starrte Ewert auf die unverständliche, wie für eine künftige, über den herkömmlichen Menschen hinausgehende Rasse verfaßte Gebrauchsanweisung und brach in lautes Schimpfen aus. Mochte der Teufel allein wissen, wie diesem unseligen Apparat durch Bildschirmberühren, Drücken geheimnisvoller Tastenkombinationen und Einführen einer Scheckkarte der benötigte Fahrschein abzutrotzen war. Ewert sah sich zum Schwarzfahren gezwungen.

Mit ungutem Gefühl stieg Ewert in den Zug. Erwischt zu werden wäre die Krönung des Tages gewesen. Aber es fand keine Kontrolle statt, und er stieg erleichtert an seiner Zielstation aus. Den Bahnsteig verließ er am westlichen Ausgang. Ein Stück weiter führte eine Brücke über die Bahnlinie hinweg auf die andere Seite, wo in ungefähr zweihundert Metern Entfernung seine Eltern wohnten. Doch Ewert traute seinen Augen nicht: Die Brücke war fort! Vor dem Abgrund standen rotweiße Absperrungen, und auf einem offiziellen Hinweisschild war zu lesen, daß die Bauarbeiten an der neuen Brücke zwei Jahre dauern würden. Ewert hatte den Fehler gemacht, in sträflichem Optimismus vorauszusetzen, die von ihm zu benutzenden Verkehrswege würden tatsächlich benutzbar sein. Etwas mehr Realitätssinn war künftig angebracht. Vor seiner nächsten Reise würde er sich zuerst telephonisch bei den zuständigen Stellen erkundigen, ob es Straßen, Schienen, Brücken, Stationen, Bahnen und Busse noch gab – vorausgesetzt, das Telephon funktionierte und am anderen Ende meldete sich jemand, der Bescheid wußte. Heftig nach einer Ration Schmerzmittel verlangend, beschloß Ewert die umgehende Anschaffung einer Taschenflasche. Es gab noch einen anderen Weg, einen längeren und wesentlich häßlicheren, der durch einen unbeleuchteten Tunnel führte. Ewert mußte wieder zurück zum Bahnsteig und den östlichen Ausgang nehmen. Straße und Bürgersteig waren glücklicherweise noch vorhanden. Im Eilschritt folgte Ewert der Straße, die eine scharfe S-Kurve beschrieb und dann in dem etwa hundert Meter langen Tunnel verschwand.

Ewert war der einzige Passant weit und breit. Seine Schritte hallten laut in der Stille. Während der Kindheit hatten seine Altersgenossen hier mit Vorliebe laut gepfiffen oder gekreischt, um sich am Echo zu erfreuen. Er selbst war ein scheues Kind gewesen und hatte sich nie daran beteiligt. Heute fühlte er sich versucht, vor Unmut laut zu schreien, unterließ es aber schamhaft, obwohl ihn garantiert niemand gehört hätte. Wie früher hatte er das Bedürfnis, den bedrückenden Ort zu verlassen und möglichst bald das Tageslicht wieder zu erreichen. Es stank, überall lag Müll und erstaunlich viel Hundekot. Ewert passierte die Mitte des Tunnels, wo von oben durch eine breite Lücke Sonnenlicht hereinfiel. Bevor es die S-Bahn-Station gegeben hatte, war die Nahverkehrs-Haltestelle dort oben gewesen. Um sie zu erreichen, hatte man hier eine hohe, steile Steintreppe hinaufklettern müssen. Inzwischen war sie längst zugemauert. Aber die niedrige, rostige Eisentür, drüben auf der anderen Straßenseite, sie war noch da. Soweit in dem Halbdunkel zu erkennen, stand sie einen Spaltbreit offen. Nie hatte er erfahren, welchem Zweck sie diente. Als Kind hatte er Angst vor ihr gehabt, und auch jetzt bemerkte er, wie sehr ihm daran gelegen war, sie möglichst weit hinter sich zu lassen. Die letzten dunklen Meter bewältigte er in immer zügigerem

Tempo, dann war er endlich wieder im Freien. Der Anblick, der sich ihm bot, zeigte, daß es dem ganzen Viertel ergangen war wie der alten Haltestelle. Die meisten Häuser waren der Verbreiterung der quer zum Tunnel verlaufenden Bundesstraße zum Opfer gefallen. Im Gegensatz zu der Straße, die durch den Tunnel führte, herrschte hier wütender Autoverkehr. Fußgänger waren nach wie vor keine zu sehen.

Ewert überquerte die Hauptstraße und bog eilig in eine steil ansteigende Seitenstraße ein. Seit Jahren war er nicht mehr hier gewesen. Fahrbahn und Bürgersteig waren mit Abfällen aller Art übersät. Links und rechts parkte ein Auto dicht hinter dem anderen. Baulücken waren mit nichtssagenden Mietshäusern geschlossen, die alten Gebäude mit neuen Kunststofftüren und -fenstern versehen worden. Menschen ließen sich auch hier nicht blicken, vermutlich saßen sie drinnen vor ihren Fernsehgeräten.

Zwei Querstraßen weiter war er am Ziel. Mit nur wenigen Minuten Verspätung betrat er das kleine graue Haus, in dem er die längste Zeit seines Lebens verbracht hatte. Das von einem unangenehmen Geruch erfüllte Treppenhaus war dringend renovierungsbedürftig, stellenweise war Tapete abgerissen, und von der schäbigen Wandpaneele fehlte ein Stück. Ewert schloß die Tür zur Parterrewohnung auf, sein Vater zog sich soeben vor der Flurgarderobe den Mantel an.

»Der Pflegedienst war schon da«, informierte er seinen Sohn. »Sie schläft jetzt. Ich werde so bald wie möglich zurück sein. So, habe ich alles? Ich denke doch. Bis später!«

Er ging zur Tür. Befremdet sah Ewert, daß der rüstige

alte Mann außer seinem Taschenschirm einen langen Knüppel trug.

»Willst du den etwa mitnehmen?« fragte er.

»Gegen die Hunde«, erläuterte sein Vater. »Es wird immer schlimmer mit ihnen.«

Hunde? Wurde die Gegend etwa von streunenden Hunden unsicher gemacht? Ewert dachte an das Dauergebell bei sich zu Hause. Daß er ihm für ein paar Stunden entkam, war das einzig Positive an der Fahrt zu den Eltern. Und nun gab es auch hier Klagen über Hunde.

»Dann fahr doch lieber mit dem Wagen«, schlug er vor.

Sein Vater wollte nichts davon hören: »Ich werde mich ja wohl noch gegen ein paar Hunde wehren können!«

»Aber von Problemen mit Hunden hast du noch nie etwas erwähnt. Ist denn hier etwas vorgefallen?«

»Bei uns geht es noch, sie kommen kaum über die Hauptstraße. Aber auf der anderen Seite, in der Nähe der Bahnstrecke, da treiben sie ihr Unwesen, vor allem im Tunnel. Im Tunnel ist es am gefährlichsten. Sie verstecken sich hinter der verrosteten Eisentür gegenüber vom ehemaligen Treppenaufgang.«

Ewert erschrak, als er das hörte: »Aber da war ich doch gerade eben. Wegen der Bauarbeiten mußte ich durch den Tunnel. Es waren aber nirgendwo Hunde zu sehen. Nicht mal zu hören! Bei mir zu Hause dagegen ...«

»Du hast Glück gehabt«, unterbrach ihn sein Vater. »Es sind schon mehrere Menschen zu Tode gekommen.«

»Was?«

»Es stand doch in der Zeitung. Hast du das nicht gelesen?«

»Ich lese keine Zeitung. Und du hast mir nie davon erzählt.«

»So? Weißt du dann auch gar nicht, daß unser Lieblingsnachbar, der reizende Herr Schinzke, vor zwei Wochen von den Hunden im Tunnel zerrissen worden ist? Zu *seiner* Beerdigung bin ich aber nicht gegangen. Wir reden nachher darüber, ich muß mich beeilen.«

Bewaffnet mit Schirm und Stock, eilte der dunkel gekleidete, weißhaarige Herr zur Haustür, die im nächsten Moment hinter ihm zuschlug. Der Sohn blieb ungläubig staunend zurück. Schinzke, der Soziopath, der der Familie jahrelang das Leben zur Hölle gemacht und Ewert zuletzt dazu bewogen hatte fortzuziehen, diese in ihrer stumpfsinnigen Bosheit schier unverwüstlich scheinende Kreatur, war von Hunden zerrissen worden? Für einen Augenblick fühlte Ewert sich versucht, in sein Elternhaus zurückzukehren und den Triumph über den vormaligen Widersacher auszukosten. Seiner finanziellen Probleme wäre er dadurch mit einem Streich enthoben. Und er wäre das schier übernatürliche Dauergebell los! Doch weder diese Gewißheit noch die Freude über Schinzkes Beseitigung vermochten ihn letztenendes ernsthaft zu locken. Er hätte es nicht ertragen, in dem Haus zu leben, das von einer erstickend morbiden Atmosphäre erfüllt war, seit seine Mutter als Pflegefall dahinsiechte. Es gab kein Zurück für ihn.

Nachdem er seinen Mantel an die Garderobe gehängt hatte, vergewisserte er sich durch einen kurzen Blick in das zur Krankenstube umfunktionierte frühere Schlafzimmer der Eltern, daß seine Mutter schlief. Er haßte es, mit ihr alleingelassen zu sein und fürchtete den Anblick dessen, was von ihr noch übrig war. Wie im Falle Schinzke konnte er auch bei ihr keine rechte Genugtuung darüber empfinden, daß sie nun keine Macht mehr über ihn hatte, und in gewisser Hinsicht hatte sie ja sehr wohl noch welche, wie sein Unbehagen bewies. Die Augen in ihrem gelblich-papierenen Totenschädel waren geschlossen, der Mund hingegen stand offen. Schrecklich und unglücklich zugleich sah die so entstehende Grimasse aus, als fiele der zerstörten Greisin das komatöse Daliegen unendlich schwer.

Ewert wandte sich von ihr ab, um ins Wohnzimmer hinüberzugehen. Nun war es höchste Zeit für sein Schmerzmittel. Der Schrankwand entnahm er das erstbeste Trinkglas, klappte die Hausbar auf und unterzog das vernachlässigte Arsenal einer kritischen Bestandsaufnahme. Seit dem letzten Mal vor zwei oder drei Monaten hatte sich anscheinend nichts verändert, was ihn sehr wunderte. Sein Vater hatte doch wahrhaftig Grund genug zum Trinken, aber offenbar tat er's nicht. Ewert runzelte die Stirn. Kirsch- und Eierlikör waren nichts für ihn, Wodka kam nicht vor, daher entschied er sich für Weinbrandt. Ohne Scheu füllte er das Glas zur Hälfte. Wahrscheinlich würde es sein Vater nicht einmal bemerken, wenn die Flasche leer wäre, was sollte also falsche Zurückhaltung. Es gab immerhin einiges durchzustehen. Zum Trinken setzte er sich auf das abgewetzte Polstersofa mit den kratzigen Brokatkissen, die er schon immer verabscheut hatte.

Wahrlich, es gab einiges durchzustehen. Später würde er zu seiner Mutter hinübergehen müssen, um ihr, wenn sie erwachte, Gesellschaft zu leisten. Und dann war da die drängende Frage, wie er die Rückreise zu seiner Wohnung bewerkstelligen sollte. Durch den Tunnel würde er keinesfalls noch einmal gehen. Beim Trinken dachte er an seinen Vater, der sich in diesem Moment vielleicht dort gegen angriffslustige Köter zur Wehr setzen mußte. Die im Halbdunkel kaum sichtbare rostige Eisentür, hinter der sich angeblich die Hunde versteckten, kam Ewert in den Sinn, und ihm fiel etwas ein, etwas weit Zurückliegendes. In seiner Kindheit hatte er sehr unter einem rohen Dummkopf namens Heinz zu leiden gehabt, der mit ihm in dieselbe Klasse gegangen war. Ihm wurde rückblickend klar, daß Schinzke Jahre später nichts anderes als der ausgewachsene Nachfolger jenes rohen Rotzlümmels gewesen war und dessen Werk konsequent fortgesetzt hatte. In ihrer plumpen Brutalität und ihrer feigen Verlogenheit waren die beiden Widerlinge einander bemerkenswert ähnlich gewesen. Heinz' Vater sei damals, so hatte das saubere Söhnchen einmal behauptet, im Tunnel von unbekannten Rüpeln überfallen, in den finsteren Gang hinter der Eisentür gezerrt und mißhandelt worden. Vermutlich war das bloß eine Lügengeschichte gewesen, um Ewert Angst zu machen, doch gab es außer der Übereinstimmung von Heinz und Schinzke eine weitere beunruhigende Parallele: Ewerts Vater lief Gefahr, am selben Ort in eine weit schlimmere Lage als Heinz' Vater zu geraten und so zu enden wie Schinzke. Ewert brach den Gedankengang rigoros ab und verdrängte die Erinnerung daran. Besser trank er noch einen Schluck.

Der Weinbrand hatte einen seifigen Beigeschmack, und Kopfschmerzen kündigten sich schon jetzt an. Ewert schloß die Hausbar und ging in die Küche, um das Glas zu spülen. Auch hier fiel ihm auf, wie vernachlässigt alles war. Die Herdplatten rosteten, an allen Türen der Hängeschränke waren Schmutzspuren, die Decke hing voller Staubfäden, und der abgewetzte Fußbodenbelag war total verdreckt. Der Vater kam mit dem Putzen nicht nach, wollte aber partout keine Reinigungskraft engagieren. Das ausgespülte und abgetrocknete Glas wurde in den Wohnzimmerschrank zurückgestellt. Nun bekam Ewert Appetit auf Süßigkeiten. Er wußte, wo sein Vater seine Vorräte hortete: in einem alten Büffet, das im ehemaligen Eßzimmer stand. Infolge der Bettlägerigkeit der Mutter war auch dieser Raum umfunktioniert worden. Tisch und Stühle waren hinausgeschafft und das halbe Doppelbett mitten hineingestellt worden, mit dem Kopfende direkt vors Fenster.

Nicht ohne Beklemmung trat Ewert ein. Die Jalousie war zu drei Vierteln heruntergelassen, das Fenster geschlossen und die Heizung aufgedreht. Neben dem ungemachten Bett kümmerte Ewerts alter Jugendzimmer-Schreibtisch dahin, überhäuft mit Briefen und Formularen aller Art, Zeitungen und Aktenordnern. Zweifellos hatte der Vater jede Übersicht verloren und warf alles, was an Post kam, einfach auf den beständig wachsenden Papierhaufen. Rechts neben dem Schreibtisch stand das Büffet aus den frühen Fünfzigern, das die Süßigkeiten barg. Als Ewert die Hand ausstreckte, um es zu öffnen, hörte er ein Geräusch im Haus, ein Poltern. Er hätte nicht sagen können, ob es aus der Wohnung seiner Eltern oder aus der seit seinem Auszug leerstehenden oberen Etage kam. Sein erster Gedanke war, bei seiner Mutter nach dem Rechten zu sehen. Ohne etwas aus dem Büffet genommen zu haben, lief er zu ihr hinüber.

Es war alles in Ordnung, seine Mutter schlief noch immer. Vielleicht war in der oberen Wohnung etwas umgefallen. Ewert wollte auch das überprüfen, ging ins Treppenhaus und stieg die mit häßlichen Trittschonern beklebten Stufen der Holztreppe empor. Überraschenderweise steckte aber kein Schlüssel in der Wohnungstür, so daß er nicht hinein konnte. Es sah seinem Vater überhaupt nicht ähnlich, daß der Schlüssel nicht steckte, da schien sich altersbedingte Zerstreutheit abzuzeichnen. Schon seine Mutter hatte die letzten Jahre vor ihrem Schlaganfall darunter gelitten. Dauernd hatte sie alles mögliche verlegt, verloren und vergessen. Die Vorstellung, demnächst beide in einem Pflegeheim unterbringen und zur Begleichung der Kosten das Haus verkaufen zu müssen, war Ewert ein Greuel. Er lief hinunter, um den wahrscheinlich in der Küche am Schlüsselbrett hängenden Schlüssel zu holen. Dort fand er ihn jedoch nicht. Wie merkwürdig! Er sah in Schubladen und auf Ablageflächen nach, aber ohne Erfolg. Wenn sein Vater zurückkäme, würde er ihn als erstes danach fragen.

Erneut begab sich Ewert zum Büffet im väterlichen Schlafgemach. Die dort lagernden Naschwerk-Vorräte waren wirklich imposant, wenigstens in quantitativer Hinsicht. Was die Billigmärkte, bei denen der Vater einzukaufen pflegte, an Schokolade und Keksen hergaben, war in den Fächern versammelt. Gierig verschlang Ewert diverse Kekse und ein großes Stück von einer angebrochenen Tafel Zartbitter-Schokolade, bis ihn die aufdringliche Süße unzufrieden stimmte. Es war nichts als Zucker und Fett, enttäuscht schloß er den betrügerischen Tresor.

Beim Kauen ließ er seinen Blick verdrossen über die traurigen Dinge wandern, mit denen seine Eltern vor Zeiten den Vitrinenteil des Büffets dekoriert hatten. Er kannte den ganzen bedrückenden Kitsch auswendig und konnte kein einziges Stück davon leiden. Oben auf dem nur knapp mannshohen Möbel stand eine Reihe gerahmter Photos von verstorbenen Familienmitgliedern. Auch sie hatten sich ihm alle so unauslöschlich eingeprägt, daß er sie mit geschlossenen Augen vor sich sehen konnte. Hätte er Zeichentalent besessen, wäre es ihm möglich gewesen, sie aus der Erinnerung minutiös wiederzugeben. Doch als er sie nun aus purer Langeweile und Verzweiflung zum werweißwievielten Mal ansah, verschluckte er sich fast an dem süßen Brei aus Keksen und Schokolade. Die Bilder waren ersetzt worden, und statt der vier verstorbenen Großeltern und dem in jungen Jahren tödlich verunglückten Onkel prangte in den Rahmen nun – Hundephotos!

Obwohl er weder für den Familiensinn noch für den Einrichtungsgeschmack seiner Eltern etwas übrig hatte, empfand Ewert diese Veränderung als unwillkommen, als Erschütterung seines Weltbilds, wenn nicht sogar des gesamten Realitätsgefüges. Eine Grundregel, ein elementares Gesetz war hier übertreten worden. Dies war ungehörig und paßte noch weniger zu seinem Vater als das Verstecken des Wohnungsschlüssels. Einen solchen Humor hatte der Mann einfach nicht. Ewert nahm sich die einzelnen Bilder vor. Ohne Ausnahme waren es neue Photographien von durchweg häßlichen, äußerst gefährlich anzusehenden Riesenhunden.

Hunde! Es war alarmierend, in welch bedrohlichem Ausmaß sie sich in sein Leben drängten. Ewert sah genauer hin, da war etwas, das die Tiere besonders widerwärtig machte, doch er konnte es nicht eindeutig definieren. Es war ihm, als ob sie nicht wahrhaftig das wären, was sie zu sein vorgaben, sondern etwas anderes, etwas Fremdes und Bedrohliches, das sich als Hund tarnte. Doch was konnte dieses Andere sein? Darüber wünschte er im Namen seines Verstandes unbedingt Auskunft von seinem Vater. Er hielt es in dem deprimierenden Raum nicht länger aus. In der Diele stand er einige Augenblicke lang unschlüssig vor der Garderobe. Der Wunsch, seinen Mantel zu nehmen und fortzulaufen, war stark, doch das Bedürfnis nach Erklärungen war stärker. Zudem zwang ihn sein Pflichtgefühl, sein Versprechen zu halten, und das bestand nun einmal darin, bis zur Rückkehr des Vaters bei der Mutter zu bleiben. Von dem Weinbrand bekam er wie erwartet Kopfschmerzen, die Süßigkeiten begannen, seine Verdauungsorgane zu peinigen. Ewert fühlte sich durch und durch miserabel. Keine günstige Voraussetzung für eine Begegnung mit seiner Mutter. Er ging langsam zum Krankenzimmer.

Erschöpft von den Anstrengungen, die ihr das mehrmals täglich vom Pflegepersonal vorgenommene Lagewechseln verursachte, schlief die Patientin für gewöhnlich eine ganze Weile, nachdem sie versorgt worden war. Ewert näherte sich dem großen Bett. Aus einem neben dem Kopfende aufgehängten Beutel tropfte langsam Nährflüssigkeit in einen dünnen, transparenten Schlauch, der unter der Bettdecke verschwand. Ein anderer Beutel, für die Urinausscheidung, hing seitlich unterhalb der Bettkante. Kaum stand Ewert neben ihr, da schlug seine Mutter die Augen auf. Einen Moment lang sah sie ihn ohne jedes Zeichen des Erkennens an. Sie schien sich zu sammeln.

Unbefangenheit im Umgang mit ihr war Ewerts Sache nie gewesen, um so verkrampfter benahm er sich unter diesen Umständen. Er überwand sich und sprach sie an, hörte sich dabei zu, wie er hilflos versuchte, den guten Sohn zu spielen. Die Gewalt, die er sich damit antat, verbrauchte im Handumdrehen seine letzten Kräfte. Kopf- und Leibschmerzen nahmen zu. Zur gleichen Zeit haßte Ewert sein Schicksal, das ihn zu so etwas zwang, und sich selbst, weil er es sich aufzwingen ließ.

Aus dem Blick seiner Mutter sprachen Verwirrung und Angst, als sie ihn undeutlich fragte, wo der Vater sei.

»Auf der Beerdigung von Frau Plath. Er kommt bald wieder, so lange bleibe ich bei dir«, antwortete er so begütigend er konnte. Seine Mutter schien sich zu erinnern, daß die Nachbarin gestorben war. »Ich bin die nächste«, sagte sie. Pro forma widersprach Ewert, wunderte sich im Stillen aber über ihre realistische Einschätzung der Lage. Ihr bewegungsfähiger rechter Arm fuhr ziellos über die Bettdecke, dann streckte sie ihn in die Höhe.

»Ist das hier nicht ein schönes Sterbezimmer?« fragte sie. Wieder verleugnete der überforderte Sohn seine Empfindungen und entgegnete, von Sterben sei gar keine Rede, sie solle vielmehr in aller Ruhe gesund werden. In der Absicht, ihr noch mehr Positives zu bieten, versuchte er fahrlässig, den Aspekt des Vertrauten hervorzuheben: »Hier zu Hause hast du es natürlich viel besser als im Krankenhaus, nicht?«

»Bin ich im Krankenhaus?«

»Nein, eben nicht, du bist zu Hause, in eurem alten Schlafzimmer. Das kennst du doch. Erkennst du es wieder?«

Sie erkannte es nicht, sondern war fest überzeugt, in einem fremden Zimmer, in einem ganz anderen Haus als dem ihren zu sein.

»In einem anderen Haus?« fragte Ewert. »In welchem denn?«

»Bei Plaths. Ich muß jetzt aufstehen und Mittagessen kochen. Hilf mir mal.«

»Du kannst nicht aufstehen, Mutter.«

»Doch, ich muß mir nur meinen Unterrock anziehen. Da, auf dem Stuhl muß er liegen.«

Während man sie oftmals nicht gut verstehen konnte, war ihre Stimme jetzt fest und deutlich, fast wie früher, was Ewert konsterniert als Schwächung seiner Position empfand. Zu seiner Beruhigung konnte er sich aber wenigstens darauf verlassen, daß sie tatsächlich unfähig war, aufzustehen und irgendwelchen Unfug anzustellen. Lediglich ihr rechter Arm fuhrwerkte nervös herum.

»Bleib nur schön liegen«, redete er ihr zu. »Ruh dich aus. Bald kommt Vater wieder.«

»Wo ist er?«

»Zur Beerdigung von Frau Plath. Das weißt du doch.«

Wieder konnte er ihren Augen ansehen, daß ihr Bewußtsein abirrte. In diesem Moment war ein Poltern zu hören, das eindeutig aus der leeren Wohnung im Obergeschoß kam. Ewerts Inneres zog sich vor Schreck zusammen, er fühlte ein Beben im ganzen Leib. Wieder verspürte er die dringende Notwendigkeit zu fliehen, blieb jedoch wie angewurzelt am Bett seiner Mutter stehen. Sie erweckte nicht den Anschein, als habe sie das Geräusch gehört. Ewert suchte noch nach Worten, die er daherreden konnte, um seine Panik zu überspielen, da drang erneut das Poltern von der Zimmerdecke herab. Ohne jeden Zweifel ging dort oben irgendwer.

»Ja, ist denn jemand oben in der Wohnung?« fragte Ewert aufgebracht.

»Die Wohnung haben wir vermietet«, sagte seine Mutter, jetzt wieder etwas schwerer verständlich. »Wir müssen doch das Geld beisammenhalten. Du zahlst ja keine Miete mehr.«

Wären nicht die Trittgeräusche zu hören gewesen, hätte Ewert die Antwort seiner Mutter für ihr übliches Phantasieren gehalten. Schon immer hatte sie zu etwas wirren Reden geneigt. Doch so konnte er, was sie gesagt hatte, nicht einfach abtun und erkundigte sich eindringlich: »Vermietet? An wen?«

»An Plaths.«

Das war nun eindeutig Unsinn.

»Plaths wohnen gegenüber«, sagte er, »und Frau Plath ist tot. Heute wird sie beerdigt.«

»Ich bin die nächste.«

Es war nicht auszuhalten. Sie faselte nur dummes Zeug und brachte alles durcheinander. Aber irgend jemand hielt sich da oben auf. Obwohl ihm sehr unwohl bei dem Gedanken war, wollte er, um dem Spuk ein Ende zu machen, am liebsten hinaufgehen und sich Klarheit verschaffen. Wenn kein Schlüssel da war, mußte er eben klingeln.

Da sagte seine Mutter: »Ich muß jetzt aufstehen und den Hund reinlassen. Er hat heute noch nichts zu fressen bekommen.«

Das Wort Hund, ausgerechnet aus dem Mund seiner Mutter, versetzte Ewert nach dem Anblick der verstörenden Photos einen Stoß. Es mochte Zufall sein, daß sie jetzt davon redete, denn vor mehr als zwanzig Jahren hatte Familie Ewert tatsächlich einen Hund gehabt, an den sich die Kranke in diesem Moment vielleicht erinnerte. Aber wie das alles zusammenpaßte! Es fehlte nur noch …

Ewert hatte plötzlich das Gefühl, seine Beine wären nicht mehr da. In seinen Ohren zischte und klopfte es, weil etwas, das auf gar keinen Fall sein durfte, geschah. Der Hund bellte. Es war die unverwechselbare Stimme des Viehs, das er tagein, tagaus in seiner mehrere Kilometer entfernten Wohnung hörte.

»Hörst du?« fragte seine Mutter. »Er bellt! Ich muß ihn reinlassen, sonst stört er die Nachbarn.«

Ewert sank vor dem Bett in sich zusammen. Die Beherrschung verlierend, erwiderte er etwas grob: »Du kannst nicht aufstehen. Du bist bist seit Jahren gelähmt.«

»Ja«, sagte die Mutter, »weil mich der Hund damals gebissen hat. Weißt du noch, wie er mich gebissen hat?«

Das wußte er tatsächlich noch. Es war ihr Dackel gewesen. Nachdem das Tier seine Mutter übel zugerichtet hatte, war es vom Tierarzt eingeschläfert worden. Ein Gehirntumor hatte sich als Ursache der Bösartigkeit herausgestellt. In genau diesem Zimmer war Ewerts Mutter damals – im Bett liegend – von dem geistesgestörten Dackel angefallen worden.

»Aber heute«, rief sie, und ihr Blick verriet große Angst, »ist das alles ganz anders! Das sind ja nicht nur einfache Hunde heutzutage!«

Das Bellen hörte nicht mehr auf. Und was war das? Klang das, was die Mutter weiterhin äußerte, eigentlich noch menschlich? Bellte sie jetzt ebenfalls, oder wirkte ihre Stimme nur durch die Geräusche in Ewerts Ohren so verändert? Andererseits: Konnte das, was jener unsichtbare Hund da ohne Unterbrechung ausstieß, überhaupt ein gewöhnliches Bellen genannt werden? Nein, bei genauem Hinhören schien es vielmehr etwas Fremdartiges und Böses zu sein, etwas, das sich als Gebell ausgab, aber in Wirklichkeit über alle je gehörten Lautäußerungen von Hunden herkömmlicher Art hinausging. Ewert kauerte am Boden und war wie paralysiert, doch er spürte, daß er kurz davor stand, alles zu begreifen.

Nacht der Heimsuchung

In der Nacht von Freitag auf Samstag erwachte ich plötzlich, ohne zu wissen weshalb. Mein Mann neben mir schlief tief und fest. Schlafprobleme sind ihm unbekannt. Er behauptet sogar von sich, nicht zu träumen. Ich hingegen schlafe schlecht und träume viel und intensiv, so daß ich morgens nicht selten völlig erschöpft erwache. Beunruhigt richtete ich mich auf. Ein schwacher Lichtschein erhellte unsere Diele. Offensichtlich war die Treppenhausbeleuchtung eingeschaltet. Auf meinem Wecker war es zwei Uhr. Sofort nahm ich an, mit meinen Schwiegereltern in der Parterrewohnung sei irgend etwas nicht in Ordnung, und ich machte mich auf Schlimmes gefaßt. Eventuell stand uns ein nächtlicher Transport ins Krankenhaus bevor. Oder war sogar jemand gestorben? Angespannt saß ich da und lauschte, doch außer dem gleichmäßigen Atmen meines Mannes neben mir war nichts zu hören. Kein Laut kam aus dem Parterre, kein Anzeichen von Aufregung oder Sorge. Hilfe schien so dringend nicht vonnöten. Weshalb brannte dann aber das Licht im Treppenhaus? Hatte mein Schwiegervater oder meine Schwiegermutter versucht, uns zu wecken, es aber nicht geschafft (was mich bei meinem Mann nicht im mindesten, bei mir aber sehr gewundert hätte) und bereits Notarzt oder Ambulanz gerufen, denen nun das Licht den Weg weisen sollte? War ich vom Nachhall heftigen Klingelns oder Klopfens erwacht?

Ich stand auf. Im Pyjama durchquerte ich die Diele, öffnete lautlos die Wohnungstür und horchte auf Geräusche aus dem Erdgeschoß. Da war ein befremdliches, lautes Schnaufen und Ächzen, jemand mußte einen Anfall erlitten haben. Aus verschiedenen Gründen hoffte ich, daß es nicht meinen Schwiegervater erwischt hatte, denn er war der Rüstigere und weniger Schwierige. Die Ungewißheit steigerte das Grauen vor dem, was mich dort unten erwarten mochte. Ich wurde wütend auf meinen schlafenden Mann, weil ich dies nun allein durchstehen mußte, und verharrte bewegungslos am Türpfosten. Mich irritierte, daß kein Wort zu hören war. Da, endlich, tat sich etwas: Das alte Telephon in der Diele wurde bedient, deutlich erklang das Schnurren der Wählscheibe. Mit ängstlicher Spannung lauerte ich darauf, wer sprechen würde, und hörte zu meiner größten Enttäuschung die Stimme meiner Schwiegermutter. Sie meldete sich mit Namen, fuhr dann aber nicht wie von mir gefürchtet fort, indem sie von einem scheußlichen Übel sprach, das ihren Gatten ereilt hatte, sondern sagte: »Bei uns sitzt ein Mann vor der Haustür und ruft um Hilfe. Er ist verletzt. Können Sie bitte jemanden schicken? Die Adresse ist ... wie bitte? Ist da nicht die Polizei? Ich hab mich doch nicht verwählt? Hallo! Jetzt ist die Leitung tot. Hallo?«

Sie legte auf und wählte erneut.

Ein Mann vor unserer Haustür! Augenblicklich klärte sich alles auf, das Schnaufen kam ab sofort zweifellos von draußen. Hatte ich vielleicht im Schlaf gehört, wie dieser Fremde bei meinen Eltern geläutet und gerufen hatte, sie sollten ihn hereinlassen? War ich davon wachgeworden? Ich beugte mich vorsichtig übers Geländer, um eventuell etwas von ihm zu sehen. Durch das dicke, gelb getönte Glas der Haustür konnte ich tatsächlich die Umrisse einer im Schein der Außenbeleuchtung kauernden Gestalt erkennen. Da rief der ächzende, schnaufende Mann mit ängstlicher Stimme, man solle ihn endlich hereinlassen, im Freien sei er erst wieder sicher, wenn die Sonne scheine.

»Die wollen mich umbringen«, schrie er durch die Tür. »Sie schleichen in der Nähe herum, ich kann sie sehen! Machen Sie bloß das Licht hier draußen nicht aus, ins Licht trauen sie sich nämlich nicht.«

Seine Stimme kam mir seltsam vertraut vor, aber ich wußte nicht, woher. Unterdessen war wiederholt das Geräusch der Wählscheibe zu hören gewesen. Schließlich wurde der Hörer aufgelegt. Ich hörte meine Schwiegermutter sagen: »Die Leitung ist unterbrochen. Was sollen wir denn jetzt tun?«

Mein Schwiegervater kam aus der Wohnung. Ungekämmt und im Frotteeschlafanzug näherte er sich der Haustür. Da befürchtete ich, er könne den Fremden hereinlassen oder ihm verraten, daß das Telephon nicht funktionierte, und lief die Treppe hinunter, um meine Bedenken zu äußern. Er schien nicht im mindesten überrascht über mein plötzliches Auftauchen.

»Mach bloß nicht die Tür auf«, zischte ich ihm leise, aber eindringlich zu, doch er entgegnete: »Der kann da aber nicht bleiben. Der schreit uns die ganze Nachbarschaft zusammen. Wer weiß, ob die Polizei kommt, die Leitung ist tot.«

»Was ist denn überhaupt los mit ihm?« fragte ich.

»Er sagt, er wird verfolgt. Deshalb ist er zu unserer Tür geflohen, als er Licht bei uns gesehen hat. Ich bin nämlich kurz vorher zur Toilette gegangen und hab die Lampe in der Diele angemacht. Das hat er draußen gesehen, und dann hat er Sturm geläutet und geschrien, wir sollen ihn reinlassen. Ich hab ihm ein Handtuch rausgereicht. Er blutet.«

Mein Schwiegervater öffnete das kleine Fenster neben der Haustür und sprach den Mann an: »Hören Sie, die Polizei ist gleich hier, dann wird Ihnen geholfen.«

Bei diesen Worten fing der Fremde erst recht an zu zetern: Keine Polizei, nur das nicht, er brauche bloß ein Asyl bis zum Morgen und medizinische Versorgung seiner Wunde. Woher kannte ich diese Stimme?

»Die Polizei wird Sie beschützen«, versuchte mein Vater ihn zu beruhigen. »Auf der Wache kann man sich um Ihre Verletzung kümmern, da sind Sie sicher, bis es wieder hell wird.«

»Ja, glauben Sie denn, das sind wirklich Polizisten, die dann kommen?« heulte der Mann auf. »Die, die hinter mir her sind, können sich leicht als Polizisten ausgeben! Bestimmt haben die soeben Ihr Telephonat abgefangen. Sagen Sie: Ist Ihnen nichts aufgefallen? Stimmt mit Ihrem Telephon noch alles? Ist die Leitung nicht etwa tot?«

Mir wurde unbehaglich zumute, als ich das hörte. Mein Schwiegervater ging auf die Fragen nach dem Telephon nicht ein, sondern sprach zum Fenster hinaus: »Das klingt aber reichlich phantastisch. Vielleicht bilden Sie sich das alles nur ein. Wär's nicht möglich, daß Sie zuviel getrunken und mit Ihren Kollegen Streit bekommen haben?«

»Ich sagte Ihnen doch schon, die wollen mich töten!«

»Aber dann müßte es Ihnen ja gerade lieb sein, wenn die Polizei käme.«

»So begreifen Sie doch! Das sind keine gewöhnlichen Verbrecher!«

»Ja, aber wer oder was sollen sie dann sein?«

Von den sich schwach bewegenden, verschwommenen Formen, die durch das Glas der Haustür zu sehen waren, tönte die mühsam gedämpfte Stimme des Mannes: »Das wage ich hier draußen nicht auszusprechen, Sie würden es mir auch nicht glauben. Da! Sehen Sie!«

Er schien den Kopf zur Straße zu wenden und mit dem Arm ins Dunkel außerhalb des Wirkungsbereichs unserer Außenbeleuchtung zu zeigen.

»Da huschen tatsächlich ein paar Schatten herum«, brummte mein Schwiegervater, »schwer zu sagen, ob es Menschen sind oder Hunde.«

Der Fremde wimmerte: »Die gehen nicht weg! Die halten sich in meiner Nähe auf, bis das Licht ausgeht. Dann stürzen sie sich auf mich. Bitte, lassen Sie das Licht an! Solange trauen sie sich nicht her!«

Nun reichte es mir. Ich wollte unbedingt wissen, wie der Unglücksmensch aussah, der mit einem derart absurden Auftritt unsere und unserer Nachbarn Nachtruhe störte. Von dem Fensterchen zurücktretend, ließ mich mein Schwiegervater hinausschauen. Ich beugte mich über den Sims und sah zu dem im Eingang Kauernden hinunter. Im selben Moment wandte er mir sein Gesicht zu. Ich fuhr zusammen. Sein Blick war irr und seine Miene angstverzerrt. Aus einer Stirnwunde rann Blut und besudelte sein ganzes Gesicht, seine Hände und sein Hemd. Dennoch erkannte ich ihn sofort: Es war mein Mann – mein Mann, der in der ersten

Etage lag und schlief. Mit einem tiefrot gefärbten Handtuch, das er in seiner Rechten hielt, versuchte er, die Blutung zu stillen. Er erkannte mich nicht und sah mich an wie eine ihm gänzlich fremde Person. Trotzdem war er ohne jeden Zweifel mein Mann, und es schmerzte mich, ihn so zu sehen. Unmöglich konnte ich ihn länger in seiner mißlichen Lage lassen, wenn er auch ein Exemplar zu viel war, und ich nicht wußte, wie ich ihn mit dem anderen, schlafenden, vereinbaren sollte. Meinem Schwiegervater, der seinen Sohn offenbar ebenso wenig erkannte wie dieser Vater und Ehefrau, erklärte ich mit gespielter Überraschung, bei dem nächtlichen Besucher handle es sich doch tatsächlich um einen alten Bekannten, den wir ohne Gefahr einlassen könnten. Ich würde mich um ihn kümmern und ihn, wenn er verarztet sei, zu seiner Frau heimschicken. Da mein Schwiegervater keinen Grund hatte, an meiner Vernunft zu zweifeln, schloß er die Tür auf. Nun kam meine Schwiegermutter ebenfalls dazu, und auch zwischen ihr und ihrem Sohn fand kein Erkennen statt. Während mein Mann, oder sein Doppelgänger, unter den höflichsten Dankesbezeugungen das Haus betrat (ich wunderte mich über seine Kleidung, die ich noch nie an ihm gesehen hatte), riet er uns: »Lassen Sie alle Lichter an. So sind wir sicherer.« Dann fügte er, etwas verlegen lächelnd, hinzu: »Mein Name ist übrigens Wilkensen, ich wohne ein paar Straßen von hier.«

Meine Schwiegermutter forderte ihn auf, seine Wunde von ihr versorgen zu lassen, mein Schwiegervater lud ihn auf einen stärkenden Cognac ein. Obwohl es eigentlich um *meinen* Bekannten ging, stand ich etwas abseits und sah zu, wie meine Schwiegereltern sich um ihn kümmerten. Erst nachdem er versorgt war, überließen sie ihn mir. Sie wollten versuchen weiterzuschlafen. Herr Wilkensen entschuldigte sich überschwenglich für die Störung und dankte ihnen nochmals. Dann folgte er mir, mit einem großen Pflaster auf der Stirn, die Treppe hinauf in unsere Wohnung. Am meisten fürchtete ich jetzt, mein Mann könne inzwischen wachgeworden sein und uns entgegenkommen. Gottlob war dem aber nicht so. Ich hörte seine gleichmäßigen, tiefen Atemzüge im Schlafzimmer, dessen Tür ich lautlos schloß. Überflüssig zu erwähnen, daß die Wohnung dem Gast fremd war. Es schien mir angebracht, ihn in die Küche zu führen. Fürs erste schenkte ich ihm ein Glas Rum ein, ein Getränk, dem mein Mann nie abgeneigt war. Ich schloß auch die Küchentür und bemühte mich, leise zu sprechen, obwohl es eigentlich undenkbar war, daß ein so begabter Schläfer wie mein Gatte von unserer Unterhaltung geweckt wurde. Ob er nicht auch etwas essen wolle nach der großen Aufregung, fragte ich die Ausgabe meines Mannes, die sich Wilkensen nannte. Es wurde dankend abgelehnt.

»Den Appetit habe ich schon vor längerer Zeit verloren«, sagte der Asylant, ebenfalls mit leiser Stimme, »aber Rum ist genau das Richtige für mich, jetzt, da mein Lebensschiff in so schwere See geraten ist. In solchen Situationen, wie auch vor Seegefechten, ist es früher üblich gewesen, Extrarationen Rum an die Mannschaft auszugeben.«

Ich hielt mich zurück, sagte erst einmal nichts, denn ich hatte keine Ahnung, wie ich mich weiter verhalten sollte. Nach dem ersten Glas stand er auf und trat zum unverhüllten Fenster, um hinauszuspähen.

»Natürlich streifen sie ums Haus, mein Blut auf der Vordertreppe zieht sie an. Wollen Sie sie auch einmal sehen? Kommen Sie nur!«

Neugierig folgte ich ihm zum Fenster. Nun sah ich, was mein Schwiegervater zuvor gesehen hatte: In einem respektvollen Abstand, den die Beleuchtung erzwang, bewegten sich große Schatten hin und her.

»Wer sind Ihre Verfolger? Können Sie jetzt darüber reden?« fragte ich. Ich fand, ich hatte ein Recht, es zu erfahren.

»Wie ich vorhin schon sagte: Sie werden mir nicht glauben«, begann er. »Es ist auch zu lächerlich, um glaubhaft zu sein. Aber alles Lächerliche ist, wenn es einem aufgezwungen wird, schrecklich ... Ich habe Angst, diese Dinge auszusprechen. Sie sind der erste Mensch, den ich in die Vorgänge einweihe, und ich weiß nicht, wie ich es Ihnen sagen soll, ohne daß Sie – begreiflicherweise – den Eindruck bekommen, ich wolle mir einen Scherz mit Ihnen erlauben. Ich sehe mich leider außerstande, den schieren Unfug, in dem mein Verhängnis besteht, rational zu legitimieren. Dabei ist es aber nun einmal, wie es ist, ich kann es nicht ändern.«

Er kehrte zum Tisch zurück. Wir setzten uns, und ich füllte sein Glas erneut.

Dann gab er sich einen Ruck und erzählte:

»Vor knapp drei Wochen hatte ich eines Abends eine unerwartete Begegnung. Ich kam von der Bushaltestelle, die ungefähr hundert Meter von meiner Wohnung entfernt ist. Die Hälfte des Weges hatte ich zurückgelegt, als mich ein mir unbekannter, eigentümlicher Mensch anhielt. Er machte den Eindruck, als befände er sich im Tiefschlaf und werde ferngelenkt. Seine Augen waren geschlossen, trotzdem agierte er, als ob er mich sähe. Ich erwartete, er würde mich anbetteln oder auf andere Weise belästigen, doch sprach er mich sachlich und einigermaßen höflich an, etwa im Ton eines behördlichen Schreibens, mit dem man wegen eines Verkehrsdelikts zur Bußgeldzahlung aufgefordert wird. Und um etwas Ähnliches ging es auch, allerdings um ein im Traum begangenes Delikt, das er mir genau nannte. Mir fiel daraufhin wieder ein, daß ich in einer der vergangenen Nächte tatsächlich das mir zur Last Gelegte geträumt hatte! In einer Schneelandschaft war ich mit einem komischem Vehikel unterwegs gewesen, das vage an einen Schlitten erinnert und hauptsächlich aus Stangen bestanden hatte, sehr unpraktisch und fast nicht zu manövrieren. Auf einer nicht geräumten Straße, die zu einer Anhöhe hinaufführte, war das Ding stehengeblieben und hatte sich keinen Millimeter mehr bewegt. Es war ein entsetzlich öder Traum gewesen, wohl stundenlang hatte ich mich vergebens abgemüht, das bockige Fahrzeug von der Stelle zu bekommen, bis ich aus Langeweile aufgewacht war. Sie können sich denken, wie verblüfft ich war, daß außer mir jemand davon wußte. Wie ich erfuhr, hatte ich mich eines überaus schweren Vergehens schuldig gemacht.«

Mitten in der Nacht saß mein Mann, der eigentlich nebenan schlief, in blutverschmierten, fremden Kleidern an unserem Küchentisch und erzählte mir diesen furchtbaren Unsinn. Kindisch, ja idiotisch war das alles! Ich wußte aber nicht, was ich tun sollte, also hörte ich weiter zu.

»Richtig schön wurde es«, fuhr er fort, »als der wie im Schlaf Redende mir sehr ernst auftrug, umgehend dafür zu sorgen, daß genanntes Fahrzeug von der Straße geschafft werde, damit es den Verkehr nicht länger behindere. Ich wurde ärgerlich über das irrationale und gespenstische Ansinnen und riet dem Überbringer, er möge sich wieder in sein Totenreich oder wohin auch immer verfügen und mich in Ruhe lassen. Seinen Auftraggebern, wer sie auch sein mochten, ließ ich durch ihn etwas Unflätiges ausrichten. Dann ging ich nach Hause, ohne mich noch einmal umzudrehen.«

Unruhig stand der Mann, der sich Wilkensen nannte, wieder auf, um, mit dem Glas in der Hand, einen Blick aus dem Fenster zu werfen. Im Stehen redete er weiter:

»Ein solches Erlebnis wirkt verunsichernd, weil es einfach nicht stattfinden kann. Ich zerbrach mir den Kopf, ob ich womöglich eine Halluzination gehabt hatte, denn das war die nächstliegende Erklärung. Ich wagte nicht, mit jemandem darüber zu sprechen. Was sollte ich tun? Einen Psychotherapeuten aufsuchen? Vorerst beschloß ich, gar nichts zu unternehmen. Ich hoffte, es werde von allein vergehen.«

Er trank einen Schluck Rum. Ich ahnte schon, worauf die Geschichte hinauslaufen würde (dazu gehörte nicht viel Phantasie), sagte aber nichts und hörte weiter zu. Erwartungsgemäß ging es weiter:

»Eine Woche später fing mich derselbe Popanz wieder auf der Straße ab. Er wiederholte den ganzen Quatsch vom ersten Mal, fügte aber einige Drohungen hinzu. Wenn ich die Sache nicht innerhalb kürzester Frist in Ordnung brächte, sagte er, würde man mich holen und zwingen, sämtliche Albträume, aus denen ich je erwacht war, bis zum bitteren Ende zu erleben. Ich dürfe dies getrost als Verurteilung zum Tode betrachten. Ich schrie den Kerl an, fragte, wie man sich das denn vorstelle. Schließlich könne ich nicht auf Kommando einen länger zurückliegenden Traum an einer beliebigen Stelle weiterträumen. Das sei meine Sache, war die Antwort, ich müsse mir eben Mühe geben. Man ließ mir dafür drei Tage Zeit. Dieses Gespräch war bereits ein Albtraum, ich bekam wirklich Angst um meinen Verstand. Auch dieses Mal lief ich davon und verlangte, man solle mich in Frieden lassen. Ich war anschließend so derangiert, daß ich tatsächlich versuchte, mich vor dem Einschlafen darauf zu konzentrieren, in jene Traumsituation zurückzukehren. Es blieb natürlich bei einem kraft- und ergebnislosen Anlauf. Dann überlegte ich, ob ich mich hypnotisieren lassen sollte, brachte es aber nicht über mich. Nach drei Tagen begegnete mir der im Schlaf sprechende Bote wieder auf meinem Heimweg. Es sei nun das letzte Mal, daß er mir erscheine, verkündete er. ›Na, endlich‹, erwiderte ich, ›Sie werden mir bestimmt nicht fehlen!‹ Doch er richtete mir ungerührt aus, man gewähre mir eine allerletzte Frist. Wenn ich binnen weiterer drei Tage nicht täte, was man von mir verlangte, sei ich unwiderruflich zum Tode verurteilt.«

»Und die Schatten da draußen sind diejenigen, die das Urteil vollstrecken sollen«, vermutete ich, weil es ja nicht anders sein konnte.

»Ja«, bestätigte er, »sobald es dunkel wird, lauern sie mir auf. Ich darf nur noch bei Tag ins Freie, nachts muß ich unbeleuchtete Räume meiden.«

»Und trotzdem waren Sie heute nacht draußen«, wandte ich ein. Er wollte darauf antworten, doch in diesem Moment flatterte etwas Schwarzes dicht am Fenster vorbei und schlug sogar mit einem furchterregenden

Ton an die Scheibe. Ich sprang auf und lief zu meinem Mann alias Wilkensen, der angestrengt in die Dunkelheit starrte.

»Achtung«, sagte er, und wieder näherte sich ein fliegender Schatten dem Fenster, sehr groß und sehr dunkel, und im selben Augenblick war er schon vorüber. Ich sah ihm nach, wie er nach links ums Haus herumflog. Andere von gleicher Art schienen sich an unbeleuchteten Stellen in der Nachbarschaft zu sammeln.

»Gehen die als nächstes zum Großangriff über?« fragte ich, ohne die Augen von dem bedrohlichen Geschehen abzuwenden.

»Hier herausholen können sie mich nicht«, beruhigte mich die Stimme meines Mannes und fuhr fort: »Legen Sie sich ruhig wieder hin und schlafen Sie weiter. Sie brauchen sich meinetwegen wirklich nicht den Rest der Nacht um die Ohren zu schlagen. Mit Ihrer Erlaubnis bleibe ich noch hier, bis es es Tag wird, dann gehe ich ganz leise. Das bin ich Ihnen schuldig, nachdem ich Ihren Schlaf schon so unentschuldbar gestört habe.«

Was soll ich sagen – ich nahm das Angebot von Herzen gern und ohne zu zögern an. »Gute Nacht« war alles, was ich beim Verlassen der Küche sagte, etwas anderes fiel mir nicht ein. Als ich ins Schlafzimmer zurückschlich, schlief mein Mann genauso wie zu dem Zeitpunkt, da ich das Bett verlassen hatte. Nachdem ich die ganze Zeit im Pyjama herumgelaufen war und allmählich fror, freute ich mich, endlich wieder unter das warme Deckbett zurück zu können. Ich war zu müde, um über den Vorfall nachzudenken und gab mich der Überzeugung hin, er werde sich im Schlaf von selbst auflösen. Mein Mann drehte sich auf die andere Seite und schnarchte ein paarmal leise, dann schlief ich schon ein.

Als ich wieder erwachte, war es halb neun. Sofort fiel mir alles ein, und ich bekam Angst, die zweite Ausfertigung meines Mannes, dessen Original friedlich neben mir schlief, könne sich noch in der Wohnung aufhalten. Ganz leise erhob ich mich und schlich zur Küche. Nein, gottlob, da war er nicht mehr. Sogar das Trinkglas stand wieder sauber im Geschirrschrank. Vorsichtshalber überprüfte ich Bad, Wohn- und Arbeitszimmer, doch auch dort war niemand. Wie erleichtert ich war! Er war wirklich schon gegangen, oder es war doch wohl eher an dem, daß ich die unwahrscheinliche Szene mit dem Doppelgänger meines Mannes nur geträumt hatte. Je länger ich darüber nachdachte, desto überzeugter war ich davon. Gutgelaunt kehrte ich ins Bett zurück. Herrlich – es war Samstag, wir konnten ausschlafen, und, was das Beste war, mein Mann mußte Frühstück machen!

Ich mußte wieder eingeschlafen sein, denn das nächste, was ich mitbekam, waren Stimmen, die von der Haustür zu kommen schienen. Mein Schwiegervater sprach mit meinem Mann, der vermutlich nach unten gegangen war, um mir die Zeitung zu holen. Zwischendurch klang es, als ob mein Schwiegervater mit irgendeiner Putzarbeit beschäftigt war. Vater und Sohn unterhielten sich ausgesprochen lange miteinander, während ich ungeduldig auf Zeitung und Frühstück wartete. Ich wurde allmählich ungehalten und beschloß, um meinen Mann zu bestrafen, selbst Frühstück zu machen. Also zog ich meinen Bademantel an und begab mich in die Küche. Das sollte er mir büßen! Zwar war mir das Frühstück restlos verleidet, trotzdem beeilte ich mich, um möglichst weit zu sein, wenn er endlich zurückkam. Als mein Mann dann tatsächlich mit der Zeitung in der Hand erschien, strafte ich ihn demonstrativ mit Nichtbeachtung und schnitt Brot.

»Ja, ich weiß«, begann er kleinlaut, »es tut mir leid, daß es so lange gedauert hat. Aber du ahnst nicht, was mein Vater mir soeben erzählt hat.«

Ich war entschlossen, alles, was er Erbärmliches zu seiner Verteidigung vorzubringen hatte, zunichte zu machen, und doch bekam ich bei dieser Ankündigung ein eigenartiges Gefühl. Ich sagte nichts und ließ ihn erzählen:

»Als ich runterkam, hat er gerade die oberste Stufe draußen vor der Haustür saubergemacht.«

»Ja und?« fragte ich so schnippisch wie möglich.

»Er hat mit Wasser und Scheuerbürste Blut abgewaschen.«

Meine Rachegelüste waren schlagartig vergessen. Ich hauchte nur: »Blut?«

»Ja, von einem unbekannten Mann, der letzte Nacht um zwei vor der Haustür randaliert hat. Er soll am Kopf verletzt gewesen sein, Mordgeschichten müssen sich da draußen abgespielt haben. Er hat geklingelt, geklopft und geschrien, man solle ihn hereinlassen. Mein Vater hat ihm ein Handtuch rausgereicht, für seine Wunde.«

»Und dann?« fragte ich. Mir wurde schwindlig.

»Na ja«, beschloß mein Mann seinen Bericht, »meine Mutter hat die Polizei angerufen. Die ist dann gekommen und hat den Burschen nach einem endlosen Palaver mitgenommen – nachdem er sich geweigert hat, seine Personalien anzugeben und mit einem Messer auf die Beamten losgegangen ist! Ist das nicht unglaublich?

Da geschehen solche Dinge direkt vor unserer Haustür, und wir verpennen alles.«

Er sah mich selbstzufrieden an, da er bemerkte, daß er meine Feindseligkeit mit dieser Geschichte überwunden hatte, und sagte:

»Mich wundert nur, daß du von dem Tumult nicht aufgewacht bist.«

Vollstreckung

Der nette Herr Bohl von nebenan war so freundlich gewesen, sich um die Wohnung der Nachbarin zu kümmern, so lange diese fort war. Nach dem Tod ihres Mannes hatte sich nämlich herausgestellt, daß der ihr nichts als Schulden hinterließ. Das war zuviel für die arme Frau gewesen, und sie hatte einige Monate in der Psychiatrie verbringen müssen. Als sie einigermaßen wiederhergestellt heimkehrte, fand sie Telephonrechnungen in ganz absurder Höhe vor, und der Anblick des ruinösen Minussaldos auf ihren Kontoauszügen machte eine erneute stationäre Behandlung nötig. Jemand hatte in ihrer Abwesenheit hemmungslos auf ihre Kosten telephoniert. Schnell war der nette Herr Bohl von nebenan als der Schuldige ermittelt. Die der Nachbarin monatlich zugegangenen detaillierten Aufstellungen der gewählten Verbindungen enthielten nichts als sündhaft teure Telephon-Sex-Rufnummern.

Damit hatte Bohl seinen Untergang besiegelt. Alles, was er im Leben versucht hatte, war mißlungen. Seine berufliche Laufbahn war ein spiralförmiger Sinkflug gewesen, der zuletzt mit einer Bruchlandung auf dem steinigen Acker der Erwerbslosigkeit geendet hatte. Bohl hatte das kritische Alter erreicht, in dem selbst qualifiziertere Arbeitskräfte und solche, die zu Umschulungen bereit waren, keine Chance mehr hatten, eine Stellung zu finden. Mit neunundvierzig Jahren fand er sich vom Arbeitsmarkt ausgespien. Er bekam keine Arbeitslosen-

Unterstützung mehr, die Lage wurde dramatisch. Sein eigener Telephonanschluß war längst gesperrt, mit der Mietzahlung geriet er mehr und mehr in Rückstand. Er war allein, es gab keine Freunde, die ihm ihm hätten helfen können. Er hatte nur noch seine Mutter, aber ihr verschwieg er seine Misere. Bohl gab auf. Statt aber seiner Existenz aktiv ein Ende zu setzen, gedachte er in völliger Passivität abzuwarten, bis die Welt sich seiner entledigte.

Als Bohl aus der Wohnung geworfen und Anzeige gegen ihn erstattet wurde, war die einzige ladungsfähige Anschrift, die er angeben konnte, die der Mutter. So erfuhr diese durch die Polizei, in welcher Lage sich ihr Sohn befand. Es überraschte sie nicht. Das war nun das Ergebnis. Daß es überhaupt so lange gedauert hatte! Sie und ihr Mann hatten ihm damals, vor neun Jahren, die Schnapsidee auszureden versucht, aber nein, er hatte unbedingt ausziehen müssen, um mit Gewalt zu beweisen, daß er auf eigenen Beinen stehen konnte.

Die rüstige Mittsiebzigerin unternahm umgehend alle notwendigen Schritte. Sie kam für seine nicht unbeträchtlichen Schulden auf und holte ihren Jungen zu sich zurück. Die Zimmer, die er früher im Obergeschoß des elterlichen Eigenheims bewohnt hatte, waren nicht beziehbar. Nach Bohls Auszug damals hatte sein Vater angefangen, die Räume zu renovieren, war aber bald vom Tod daran gehindert worden, das Begonnene zu Ende zu bringen. Noch immer standen und lagen überall Materialien und Werkzeuge aller Art auf dem nackten Estrich herum. Die Mutter überließ dem Heimkehrer daher ihr Schlafzimmer und nächtigte ab sofort auf der Wohnzimmer-Couch. So hatte sie das Telephon unter

Kontrolle, und ihr Sohn hatte fürs erste ein Zimmer für sich. Später konnte er ja die obere Wohnung fertigrenovieren und wieder dort leben.

Von Anfang an machte Bohl ausgiebig Gebrauch vom Bett. Die meiste Zeit verbrachte er schlafend. Die Erzeugnisse der mütterlichen Küche verzehrte er gleichgültig, lediglich an Süßigkeiten fand er Gefallen. Im Keller entdeckte er einen kleinen Alkoholvorrat: Wein, Eierlikör sowie Hochprozentiges, offensichtlich aus der Zeit, als der Vater noch gelebt hatte. Im Bett liegend und trinkend, gab sich Bohl Grübeleien über seine Situation hin. Er dachte an seine Kindheit, seine Jugend, an die ersten vier Jahrzehnte seines Lebens. Diese Zeit erschien ihm nun geradezu paradiesisch. Behütet und sicher hatte er sie im Elternhaus verbracht. Erst mit seinem Auszug hatte das Unheil begonnen, das war ihm schon seit längerem klar. Der Auszug war der entscheidende Fehler gewesen. Jetzt, da alles verloren war, wurde ihm bewußt, daß es mehr als nur ein Fehler gewesen war, nämlich eine Sünde. Er hatte sich versündigt! Allerdings nicht an seinen Eltern, sondern an sich selbst. Die Wurzel des Übels war gewesen, daß er sich mit Vierzig plötzlich geschämt hatte, so zu leben, wie er lebte. Ohne sich zu besinnen, hatte er sich eine eigene Wohnung gesucht und den ihm angestammten Lebensraum aufgegeben. Das war eine widernatürliche Handlung gewesen. Seine Eltern, die ihn besser kannten, hatten ihn oft genug davor gewarnt. Inzwischen begriff er, wie recht sie gehabt hatten. Er hatte mutwillig alles zerstört. Seine ehemaligen Zimmer, die früher von den Dämonen seiner Kindheit und Jugend, den Emanationen seiner Träume und Phantasien, Räusche und Ekstasen so gesättigt gewesen waren, daß er zuletzt zu ersticken gefürchtet hatte, diese Räume, jahrzehntelang die Gußform seiner Seele, waren jetzt leer und verwüstet, von den Dämonen für immer verlassen. Nie konnten sie wieder zu dem werden, was sie einst für ihn gewesen waren. Doch seine Dämonen waren damit keineswegs neutralisiert worden. Nein, sie waren voller Zorn in ihn, den verblendeten Zerstörer der alten Ordnung, gefahren. Ohne es zu wissen, hatte er seine Dämonen damals mitgenommen, und seither lasteten sie auf ihm wie ein Fluch, der alles, was er tat, zum Scheitern brachte. Zuletzt hatten sie ihn an den Ort seines Verbrechens zurückgetrieben, um das Urteil zu vollstrecken.

Daß ihr Sohn nur verdaute und schlief, ihr Arbeit machte und Kosten verursachte, störte die Mutter nicht. Sie war zufrieden damit, ihn, der draußen im Leben, wie sie prophezeit hatte, nicht zurechtgekommen war, wieder unter ihren Fittichen zu haben. Man mußte auf ihn aufpassen. Sein von vornherein zum Scheitern verurteiltes Experiment hatte nur allen geschadet. Hätte man es doch verhindert! Sogar ihr Mann würde womöglich noch leben. Ja, sie war sicher, wäre der Junge nicht ausgezogen, wäre sie nicht auf die Idee gekommen, den Führerschein zu machen, um die plötzlich entstandene Leere in ihrem Leben zu füllen, und das Furchtbare wäre nie geschehen. Gegen den scharfen Protest ihres Mannes hatte sie sich zum Fahrunterricht angemeldet. Der war ihr äußerst schwergefallen, und die Fahrstunden hatten schier kein Ende nehmen wollen. Ihrem Mann war dies ein Beweis dafür gewesen, daß sie nicht fürs Autofahren taugte. Falls sie jemals den Führerschein bekommen sollte, hatte er gewettert, werde er nie und nimmer zulassen, daß sie sein Auto fahre. »Nur über meine Leiche!« waren seine Worte gewesen. Doch seine Gattin hatte unbeugsam an ihrem Vorhaben festgehalten, mochte er wüten, soviel er wollte. An einem Herbstvormittag, als sie wieder zur Fahrstunde gegangen war, mußte ihn blinde Wut übermannt haben. Er hatte einen Benzinkanister aus der Garage geholt, den Inhalt über sich gegossen und sich selbst in Brand gesetzt. So unangemessen sein Verhalten auch gewesen sein mochte, in der Einschätzung des Fahrvermögens seiner Gattin hatte er sich nicht allzu sehr geirrt. Der Fahrlehrer hatte kaum eine bessere Meinung gehabt. Mehr als einmal hatte der sie »rechts ranfahren« lassen und kreidebleich gefragt, ob ihr klar sei, daß sie jetzt beide tot sein könnten. Solcher Schikanen überdrüssig und ohne den Führerschein errungen zu haben, hatte Bohls Mutter zuletzt den Unterricht abgebrochen und war, da sie ja einen Wagen besaß, einfach so gefahren. Seit sie von niemandem mehr unter Druck gesetzt wurde, hatte sie sogar eine passable Fahrtechnik entwickelt, jedenfalls war sie nie wegen irgendwelcher Verstöße aufgefallen. Ihr Mann hätte gestaunt.

In letzter Zeit machte der Mutter hin und wieder ihr Herz zu schaffen. Der Hausarzt riet, der Sache richtig auf den Grund zu gehen und wies sie »zur Beobachtung« ins Städtische Klinikum ein. Das Telephon konnte sie für die Zeit ihrer Abwesenheit nicht stillegen lassen, und so mußte ihr Sohn bei ihrem Leben schwören, keinen Mißbrauch damit zu treiben. Bohl nahm sich vor, Wort zu halten. Was sollte ihm, dem Todgeweihten, jetzt noch die dumme Lust? Aus dem Krankenhaus rief die Mutter ihn mehrmals täglich an. Von allerlei Untersuchungen, die sie über sich ergehen lassen mußte, berichtete sie und ermahnte ihn außerdem, genug zu essen. Daß er sich nun selbst um Küchendinge kümmern mußte, störte Bohl an der Sache am meisten. Daher verzehrte er außer Süßigkeiten nur Lebensmittel, die nicht erst umständlich zubereitet werden mußten. Sein Ideal war es, pro Tag nur eine Tasse, ein Messer und höchstens noch eine Gabel oder einen Löffel abwaschen zu müssen. Kaffee war das einzige, was er kochte.

Am dritten Tag ihres Krankenhausaufenthalts meldete ihm seine Mutter, ein kleiner Eingriff müsse bei ihr vorgenommen werden, nichts Bedeutendes, in höchstens einer Woche werde sie wieder zu Hause sein. Das hoffte Bohl stark, denn obwohl er sehr sparsam im Wäscheverbrauch war, mußte es da über kurz oder lang zu einem Notstand kommen.

Einstweilen wollte Bohl aber nicht an solche Unannehmlichkeiten denken. Er wollte gar nicht mehr denken. Wenn er nicht schlief, sah er fern oder nahm sich die Zeitung vor. Zwangsläufig stolperte er über die Anzeigen, in denen diverse Dienstleistungen sexueller Art offeriert wurden. Er las sie mit bedeutend weniger Engagement als früher, denn nach Ausschreitungen auf diesem Sektor verlangt es ihn als einen beinahe Toten nicht mehr groß. Freilich leisteten seine momentanen Umstände einer gewissen Versuchung Vorschub. Doch er hatte seiner Mutter geschworen, das Telephon nicht zu mißbrauchen. Er nahm sich also vor, bloß zu lesen, das konnte nicht schaden. Manche Annoncen waren vage formuliert oder um einen dürftigen Anschein von Seriosität bemüht, andere unverhohlen plump und vulgär. Zwischen etlichen verquasten Angeboten fand sich ein ungewöhnlicher Text:

> *Ich bin Ihre Traumfrau / Ihr Traummann, originalgetreu nach Ihren Phantasien bzw. Erinnerungen. Auch Komposita nach Wunsch, alles total lebensecht.*

Das war mal etwas anderes! Dic reinste Zauberei wurde hier angeboten! Die Bedeutung von *Komposita* reimte Bohl sich mit Hilfe des Lexikons zusammen. Es war zu reizvoll, um zu widerstehen. Das mußte er ausprobieren. Einen einzigen, letzten Anruf wollte er sich gönnen. Es war eine ganz normale Telephonnummer ohne kostspielige Vorwahl angegeben. Seine Mutter würde nie davon erfahren. *Originalgetreu nach Ihren Phantasien ... alles total lebensecht* – Bohl wollte unbedingt wissen, welcher Schwindel sich hinter diesen großen Worten verbarg. Und wenn es keiner war, um so besser! Dann wäre es eine sexuelle Henkersmahlzeit, danach mochte das Urteil vollstreckt werden.

Überraschenderweise war die Rufnummer nicht besetzt. Bohl hatte erwartet, ein solches Angebot müsse Massen von Anrufern mobilisieren. Eine noch jung klingende, dünne Frauenstimme mit slawischem Akzent meldete sich. Die Unterhaltung verlief geschäftsmäßig. Auf seine Fragen wurde knapp und sachlich geantwortet. Etwas ungläubig, denn er traute es jemandem mit einer solchen Stimme nicht zu, erkundigte Bohl sich, ob seine Gesprächspartnerin wohl selbst diejenige sei, die die angebotenen Wunder zu vollbringen gedächte. Ja, hieß es, sie sei es persönlich, und sie könne, wie annonciert, auch Männer verkörpern. Daran jedoch war

Bohl nicht interessiert. Er erfuhr den Preis und fand ihn nicht übertrieben hoch in Anbetracht der Wandlungsfähigkeit, über die diese Frau verfügen mußte. Natürlich hatte er das Geld nicht, aber das war kein Grund, auf das Abenteuer zu verzichten. Versagte die Kunst der Dame, würde er sich weigern zu bezahlen; sollte er wider Erwarten zufriedengestellt werden, konnte er die Summe vom Haushaltsgeld seiner Mutter abzweigen. Er wußte ja, wo sie es aufbewahrte. Nachdem er dies blitzschnell beschlossen hatte, vereinbarte er einen Hausbesuchstermin mit der rätselhaften Frau. Selbstverständlich durfte niemand in der Nachbarschaft etwas davon mitbekommen. Bohl fragte daher, ob die Frau nicht diskret bei Nacht kommen könne.

»Selbstverständlich«, antwortete sie. »Keine Sorge, ich werde mich unsichtbar machen.«

Der Besuch wurde für den nächsten Tag um vierundzwanzig Uhr verabredet. Vor Erregung und Neugier auf das, was er sich da eingehandelt hatte, schlief Bohl in dieser Nacht außerordentlich schlecht.

Am nächsten Nachmittag fiel ihm ein, daß seine Mutter inzwischen operiert worden sein mußte. Als er im Krankenhaus anrief, um sich nach ihr zu erkundigen, wurde ihm mitgeteilt, sie läge noch auf der Intensivstation. Leider habe es Komplikationen gegeben, es sei aber nichts Ernstes, wie man hoffe. Bohl machte sich weiter keine Gedanken darüber. Er war davon überzeugt, seine Mutter werde ihn um Jahre überleben. Er legte sich ins Bett, um abzuwarten, konnte aber keine Ruhe finden. Je näher der nächtliche Besuchstermin rückte, desto unangenehmer machte sich bei ihm wieder dieselbe Nervosität bemerkbar, die ihn schon in der letzten Nacht gequält hatte. Abgesehen von seinen fernmündlichen Exzessen, hatte Bohl noch keinen Kontakt mit Prostituierten gehabt. Vor dem Körperlichen, das ihm möglicherweise bevorstand, empfand er ein beträchtliches Entsetzen, doch die Neugier war größer. Bereits lange vor Mitternacht stellte er sich im Dunkeln an das Fenster neben der Haustür und sah vorsichtig hinaus. Er wollte sie sehen, bevor sie ihn sehen konnte. Je nach dem Eindruck, den sie auf ihn machen würde, gedachte er zu entscheiden, ob er sie hereinließe oder nicht. Die Straße war menschenleer. Daran änderte sich auch nichts, als es zwölf war. Bohl zog in Betracht, die Anzeige könne möglicherweise ein absurder Scherz gewesen sein und der Besuch werde nie stattfinden. Was hatte er denn auch erwartet bei einem so absurden Text? Es war doch ausgeschlossen, daß da wirklich jemand kam.

In diesem Moment schrillte die Türklingel. Vor der Haustür war jetzt wirklich ein Schatten auszumachen, aber es hatte sich doch niemand dem Haus genähert! Zumindest nicht von der Straße her. Sie mußte durch den Garten und dann ums Haus herum nach vorn gekommen sein. Ohne nachzudenken öffnete Bohl die Tür. Mit der Straßenbeleuchtung im Rücken stand eine tiefschwarze, verhüllte Gestalt vor ihm. Ihre Augen verbarg sie, obwohl es Nacht war, hinter einer Sonnenbrille. Die ihm vom Telephon bekannte, dünne Stimme wünschte ihm einen guten Abend. Bohl zögerte, diese Erscheinung hereinzubitten. Wie sollte er sich verhalten? In welches Zimmer sollte er sie führen? Bloß keine spießigen Förmlichkeiten im Wohnzimmer, wo einem sowieso alle Lust vergehen mußte! Ob allerdings in seinem Refugium welche aufkommen konnte, daran zweifelte er stark. In was für eine Lage hatte er sich gebracht! Mutterseelenallein im Haus mit einem ihm völlig unbekannten Wesen, von dem kaum etwas zu erkennen war bei dieser albernen Maskerade. Unausdenkbar, was sie mit ihm anstellen mochte. Jäh überwältigte ihn die Idee, sie könne am Ende die Vollstreckerin seines Urteils sein. Bohl bekam weiche Knie. Ohne recht zu wissen, was er tat, bat er die verhüllte Gestalt herein. Sie folgte ihm wortlos ins Schlafzimmer.

Auch bei Licht betrachtet wirkte die Frau nicht sinnlicher als zuvor. Nervös fragte Bohl: »Wollen Sie nicht ablegen?«

»Später«, sagte sie. »So weit bin ich noch nicht.«

»Auf welche Weise … arbeiten Sie?« fragte er weiter.

»Ich kann Ihnen nur so viel sagen«, antwortete sie trocken, »ich spüre Ihre am stärksten ausgeprägten Vorstellungsbilder auf und setze sie zu einem für Sie optimalen Komplex, einem Phantasiewesen, zusammen.«

»Und das verkörpern Sie dann ganz real?«

»Ja.«

»Wie machen Sie das?«

»Sie werden doch nicht glauben, daß ich Ihnen das verrate?« erwiderte sie schroff. »Sind Sie bereit? Kann ich anfangen?«

Bohl nickte unsicher und fragte: »Muß ich mich auf bestimmte Vorstellungen konzentrieren?«

»Nicht nötig.«

Mit ihren schwarz behandschuhten Händen zog die Person etwas aus ihrem Gewand, einen kleinen, brausekopfähnlichen Gegenstand, verbunden mit einem dünnen Schlauch, der irgendwo in den Falten ihrer Kleidung zu enden schien. Bohl war überzeugt, daß sie tatsächlich die Vollstreckerin war. In dieser Nacht richteten ihn seine Dämonen, das sagte ihm sein Instinkt. Es würde sich noch zeigen, ob sie ihn mit diesem Theater nur verhöhnen wollten oder ob ihm vergönnt war, einen von erotischen Trugbildern versüßten Tod zu sterben. Wie ein Stethoskop hielt die Verhüllte das Schlauchendstück an seine Stirn. Es fühlte sich warm an. Dazu erteilte sie folgende Anweisung: »Fassen Sie mit der linken Hand den Heizkörper an und geben Sie mir die rechte.«

›Aha‹, dachte Bohl, ›auf diese Weise also: Ich werde mit einem Stromschlag hingerichtet. Hoffentlich gelingt es gleich beim ersten Versuch.‹

Willig folgte er der Aufforderung. Die, die er für seine Henkerin hielt, ergriff mit ihrer freien Linken seine Rechte. Durch den glatten Stoff des Handschuhs hindurch spürte er etwas Vibrierendes, Pulsierendes, das ungewöhnlich für ein solches Körperteil schien. Er stellte sich vor, die Hand bestehe aus einer Unmenge winziger, geschäftig wimmelnder Insekten, die kraft eines unbekannten Gesetzes Form und Funktion einer menschlichen Hand simulierten. Denkbar, daß er sich das nur einbildete, weil seine eigenen angespannten Nerven vor Aufregung und ängstlicher Erwartung bebten. Jeden Augenblick konnte der tödliche Stromstoß erfolgen. Die dunkle, priesterinnenartige Gestalt versenkte sich eine Zeitlang schweigend in ihre innerlich forschende Tätigkeit. Was von ihrem Körper sichtbar war, verriet keine Gemütsregung.

Endlich sprach sie: »Es ist im Grunde ganz leicht bei Ihnen, ganz das Übliche. Ich habe es schon. Aber … ich stoße da auf eine Schwierigkeit.« Ihre Stimme klang plötzlich weniger sicher. Hörbar unangenehm berührt fuhr sie fort: »Es gibt eine Störung, etwas wie eine starke Strahlung, die in Ihre Sphäre eindringt. Sehr dicht, sehr dunkel. Das ist wirklich ungewöhnlich … Ich muß die Impulse, die ich aus Ihrer Vorstellung empfange, verstärken. Jetzt sind sie recht grob, es geht aber nicht anders wegen der Störung, die ebenfalls immer stärker wird. So etwas habe ich noch nicht erlebt. Ich muß die Amplitude der Impulse noch mehr anheben. Mann, wenn ich Ihnen aus dem Material, das ich unter diesen Bedingungen isolieren kann, ein Kompositum materialisiere, wird das eine ziemlich brachiale Sex-Chimäre! Hoffentlich halten Sie das aus!«

Da begann das Telephon im Wohnzimmer zu läuten. Unpassender konnte es nicht kommen. Wer mochte das um diese Uhrzeit sein? Der Anrufer erwies sich als hartnäckig. Bohl fürchtete, es könne dadurch alles verdorben werden. Es verlangte ihn heftig, die ausdauernde Geräuschquelle zum Schweigen zu bringen.

»Sie können ruhig gehen«, sagte die Erforscherin seiner Gedanken, »ich habe, was ich brauche. Gehen Sie nur telephonieren, ich leite jetzt die Materialisation ein. Für die nächsten fünf Minuten muß ich Sie bitten, mich allein zu lassen. Danach werden Ihre fleischgewordenen Wunschphantasien hier auf Sie warten. Bringen Sie sich also rechtzeitig in die passende Stimmung. Erledigen sie alles, was zu erledigen ist. In fünf Minuten also! Es wird Ihnen gefallen.«

Schon ganz zu sich selbst fuhr sie fort: »Wenn nur diese starken Störungen nicht wären. Es ist geradezu wie …«

Bohl ließ ihre Hand und den Heizkörper los, um ins Wohnzimmer hinüberzulaufen. Aus dem Augenwinkel sah er noch, wie die Sonde im Gewand der doch arg lustfeindlich Daherredenden verschwand. Es erhöhte den Reiz ihrer Ausstrahlung nicht gerade, daß sie auch noch über interne Störungen klagte. An Störungen herrschte in diesem Moment wahrhaftig kein Mangel, das entnervende Läuten des Telephons, das allem die Krone aufsetzte, mußte unbedingt aufhören!

Als er im Wohnzimmer ankam, wunderte sich Bohl, daß er noch lebte. Man hatte ihn nicht mit einem elektrischen Schlag getötet! Weshalb nicht? Lag es an den Störungen? Oder war ihm statt dessen etwas anderes bestimmt? Dieser Gedankengang beschäftigte und verwirrte ihn, das Telephon aber lärmte weiter, und damit endlich Ruhe sei, riß er den Hörer an sein Ohr und meldete sich.

»Hier ist das Städtische Klinikum, Kardiologische Abteilung, Dr. Rade am Apparat«, tönte eine fremde Stimme aus dem Hörer. »Herr Bohl, es geht um Ihre Mutter.«

Bohl bekam einen ordentlichen Schreck. Wenn jemand aus dem Krankenhaus um diese Zeit wegen seiner Mutter anrief, schoß es ihm durch den Kopf, dann konnte das nichts Gutes bedeuten.

»Was gibt es denn?« brachte er hervor.

Dr. Rade sagte: »Ich bedaure zutiefst, Ihnen mitteilen zu müssen, daß Ihre Mutter die Operation leider nicht überstanden hat. Sie ist vor einer Viertelstunde verstorben. Mein aufrichtiges Beileid. Hallo? Herr Bohl? Haben Sie mich verstanden?«

Bohl mußte sich setzen, seine Gedanken schweiften

ab. Sein Inneres empörte sich gegen diesen Verlauf der Ereignisse – das war doch alles ganz falsch! Weshalb starb seine Mutter, während *er* doch an der Reihe war? Er war ratlos. Wahrscheinlich wurde von ihm erwartet, daß er jetzt etwas in der Angelegenheit unternahm. Aber was? Ins Krankenhaus fahren? Formalitäten erledigen? Die Verwandtschaft benachrichtigen? Ein Beerdigungsinstitut? Was tat man in einer derartigen Lage? Woher sollte er das wissen? Vielleicht konnte der Arzt, dieser Dr. Rade, es ihm sagen, doch der hatte schon aufgelegt, und aus dem Hörer heulte der elende Ton des Freizeichens.

Dann drangen aus der Wohnung andere Laute zu ihm, seltsame, unpassende Laute, erzeugt von einer menschlichen Stimme. Sie verursachten ihm eine Gänsehaut. Widerstrebend erhob er sich und ging ihnen langsam und vorsichtig nach, immerzu angestrengt lauschend. Was so furchtbar deplaziert und verstörend an diesen Tönen wirkte, war ihr unglücklicher, leidender Charakter; jemand schien mit einem großen Mißgeschick zu ringen. Das konnte nur die Person im Schlafzimmer sein! Und wirklich kam das Seufzen, Ächzen und Keuchen von dort. Worte, von einer erstickten Frauenstimme in klagendem Ton ausgestoßen, waren zu verstehen: »Nein … es geht nicht … etwas stimmt nicht … die Störung ist zu stark …« Im nächsten Moment rief sie ihrem abwesenden Kunden lauter zu: »Hallo … Es … tut mir leid … ich kann nicht … mir wird eine ganz andere, fremde Form aufgezwungen!« Danach lallte und gurgelte die schwächer werdende Stimme Unverständliches.

Mitten in der Diele, zwischen Wohn- und Schlafzimmer, blieb Bohl verkrampft stehen, wie am Teppichboden festgeklebt. Er glaubte, seine Schädeldecke hebe sich, während es ihn schüttelte. Kälter und kälter wurde ihm, seine Eingeweide waren ein eisiger Klumpen, der gewaltsam nach oben drängte. Wegen der Lähmung, die ihn befallen hatte, konnte er sich nicht einmal die Ohren zuhalten, und so mußte er weiter mitanhören, was aus dem Türspalt zum Schlafzimmer kam. Artikulierte Worte waren nicht mehr darunter, es folgten nur noch schauderhafte Würge-, Winsel- und Röchellaute. Bohl wollte schreien, konnte aber nicht. Leise und zaghaft meldete sich ein kläglicher Rest seines Fluchtinstinkts, um ihn dazu zu bewegen, sofort das Haus zu verlassen. Die Wohnungstür war ihm nah, sie zu öffnen, mit ein paar Schritten bei der Haustür zu sein, diese aufzuschließen und die Freiheit zu gewinnen, wäre ein leichtes gewesen. Doch er brachte es nicht fertig. Statt dessen bewegte er sich jetzt gegen seinen Willen im Zeitlupentempo weiter aufs Schlafzimmer zu.

Bohl hatte keinen Zweifel daran, daß er besser beraten gewesen wäre, auf dem Wohnzimmer-Sofa sitzend abzuwarten, bis die Welt zu Staub zerfallen wäre, anstatt diesen Geräuschen zu folgen. Denn zuletzt erreichte er unweigerlich den Türspalt und sah mit Augen, deren Lider sich nicht schließen ließen, ins Zimmer. Die schwarz verhüllte Gestalt war nicht mehr da. Ihren Platz auf dem Stuhl vor der Frisierkommode nahm etwas anderes ein, ein sackartig zusammengesunkenes Bündel, das nichts Menschenähnliches mehr hatte. Es schien zu schrumpfen und gleichzeitig in einer krampfhaft würgenden Metamorphose begriffen, fast so, als ob es sich gegen etwas wehrte, wovon es unerbittlich verzehrt wurde. Unter Bohls entsetzten Blicken versuchte sich ein bestimmter Ausdruck auf der Oberfläche der gequälten Materie zu manifestieren. Und für Sekundenbruchteile war ihm, als bilde sich so etwas wie ein widerwärtig verzerrtes Gesicht ab, das er trotz allem erkannte. Aus dem Schlürfen und Gurgeln des sich windenden Haufens vernahm er die Stimme seiner Mutter: »Junge ... du hast bei meinem Leben geschworen, nicht das Telephon zu mißbrauchen. ... Und was tust du, kaum daß ich dich allein lasse? Sogar ins Haus holst du dir so eine ... Man muß auf dich aufpassen. Du kommst jetzt mit ...«

Nach Hause

Judith sollte allein und mit öffentlichen Verkehrsmitteln nach D. fahren, um vom Augenblick ihrer Entlassung an zu üben, mit alltäglichen Situationen selbständig fertig zu werden. Nach Ansicht der Spezialisten würde sie so am schnellsten lernen, sich ohne Angst in der Öffentlichkeit zu bewegen und die nötige Sicherheit im Umgang mit Menschen zu entwickeln. Für Judith hatte die Fahrt obendrein einen hohen symbolischen Wert, denn sie führte sie in ihr neues Leben. Judiths altes Leben war abgetan, nie brauchte sie die verhaßte Wohnung in W. wiederzusehen, die einen so negativen Einfluß auf ihre Gesundheit ausgeübt hatte. Es war also wichtig für sie, diesen bedeutenden Schritt aus eigener Kraft zu schaffen. Am Ziel sollte sie von Christian im Empfang genommen und zu ihrem neuen, fertig eingerichteten Zuhause gebracht werden, in das sie beide so große Hoffnungen setzten.

Die etwa einstündige Bahnfahrt verlief sehr gut. Getragen von ihrer Vorfreude, hatte Judith geradezu das Gefühl, das Schicksal meine es gut mit ihr und alle seien bemüht, ihr den Neubeginn leicht zu machen. Selbstverständlich verdankte sich ein Teil dieses Eindrucks dem ihr bis auf weiteres verordneten Medikament, ohne das man sie kaum in die Welt hinaus geschickt hätte. Am Hauptbahnhof von D. mußte sie aussteigen, was den schwersten Teil der Prüfung bedeutete. Das Gewühl der zahllosen Reisenden, der Lärm und die Trostlosigkeit der Lokalität bedeuteten selbst für gefestigtere Personen als Judith eine Herausforderung. Eine weitere bestand im Datum, denn es war Karnevalsdienstag, und D. galt traditionell als Hochburg des organisierten Massenfrohsinns. Tief und gleichmäßig atmend, konzentrierte Judith sich darauf, den Ausgang zu erreichen, und auch das schaffte sie ohne einen Anflug von Panik.

Ein wenig beklommen, doch stolz auf ihre Leistung, trat Judith endlich auf den Bahnhofsvorplatz hinaus, ins Sonnenlicht des klaren Februarvormittags. Die Lichtstimmung war entschieden nicht nach ihrem Geschmack, da die Banalität der Alltagswelt von solcher Beleuchtung unbarmherzig hervorgehoben wurde. Zum Glück trieben sich erfreulich wenige Passanten in Konfektionsmaskierung herum. Niemand verhielt sich störend oder bedrohlich. Nun lag der letzte Teil der Reise vor Judith. Sie brauchte nur noch in die richtige Straßenbahn zu steigen und bis zur Station Kuhlaustraße zu fahren, wo Christian sie abholen würde.

Zu Judiths Erleichterung war die bald darauf eintreffende Bahn nur mäßig besetzt, so daß sie einen ihr genehmen Sitzplatz wählen konnte. Nach Christians Auskunft würde die Fahrt etwa eine Viertelstunde dauern, denn die Haltestelle Kuhlaustraße lag in einem Vorort von D. Daher beschloß Judith, zumal die Straßenbahn gut geheizt war, ihren Mantel nicht nur zu öffnen, sondern auszuziehen und zusammen mit der Reisetasche auf dem freien Sitz gegenüber zu deponieren. Nachdem sie das im Moment entbehrliche Kleidungsstück abgelegt hatte und sich über ihren Mut dazu freute, fühlte sie sich zusehends sicherer. So machte Judith auf recht entspannte Weise Bekanntschaft mit der großen Stadt, in der sie sich noch gar nicht auskannte, und die doch ab sofort ihre neue Heimat sein sollte.

Das war nun in der Tat eine Stadt – welch ein Unterschied zu dem Kaff, dem sie entronnen war. Mit freundlichen Gefühlen ließ Judith die Geschäftsstraßen des Stadtzentrums passieren, ohne an der schamlosen Zurschaustellung von Luxus Anstoß zu nehmen. Im Gegenteil, die demonstrative Abwesenheit materieller Dürftigkeit tat ihr gut. Wenn an diesem Tag nur nicht ausgerechnet Karneval gewesen wäre! Unter den Passanten draußen nahm der Anteil der kostümierten Personen deutlich zu. Glücklicherweise hatte niemand von ihnen Interesse daran, mit der Straßenbahn aus dem Zentrum hinauszufahren. Judith hoffte, daß solches Treiben nicht auch in der Vorstadt herrschen werde.

Wegen Bauarbeiten an einem Geschäftshaus war der Bürgersteig der Straße, durch die die Bahn soeben fuhr, nicht benutzbar, und ein schmaler Teil der Fahrbahn diente als provisorischer Gehweg. Der Verkehr kam ins Stocken, und ein großer Lieferwagen, der ausgerechnet hier parken mußte, verschärfte die Lage zusätzlich. Zwischen Lieferwagen und Straßenbahn, direkt vor Judiths Fenster, zwängten sich die Fußgänger hindurch, kostümierte und nicht kostümierte. Eine in Fahrtrichtung laufende Gruppe fiel Judith auf: drei Polizisten, die sich angeregt mit einem zivil gekleideten jungen Mann in ihrer Mitte unterhielten. Judith stutzte und sah genauer hin. Das war vollkommen unmöglich, sie konnte nicht glauben, was sie sah, aber der junge Mann bei den Polizisten war ohne jeden Zweifel Christian! Was tat Christian in der Innenstadt, wenn sie in weniger als einer Viertelstunde an der Haltestelle Kuhlaustraße verabredet waren? Wenn er schon hier war, hätte er sie doch gleich vom Bahnhof abholen können! Oder wollte er sie überraschen und stieg an der nächsten Haltestelle zu? Und was hatte er mit den Polizisten zu schaffen?

Die Bahn hatte die Gruppe überholt, bevor Judith an die Scheibe klopfen und sich bemerkbar machen konnte. Völlig außer sich sprang sie auf und versuchte, noch einen Blick auf Christian zu werfen, doch er und seine uniformierten Gesprächspartner waren bereits außer Sicht. Sie mußte zu ihm, und da die Straßenbahn in diesem Moment an einer Haltestelle stoppte, sprang sie ohne nachzudenken hinaus. Sie wandte sich in die Richtung, aus der er kommen mußte, bereit, ihn zu rufen, doch er war nicht mehr zu sehen, genausowenig wie die drei Polizisten. Judith drehte den Kopf hierhin und dorthin, stellte sich auf die Zehenspitzen und hielt angestrengt Ausschau – vergebens. Siedend heiß fiel ihr jetzt ein, daß sie in ihrer Kopflosigkeit Mantel und Reisetasche in der Straßenbahn zurückgelassen hatte, und die war, wie sie mit Entsetzen feststellte, bereits weitergefahren und im dichten Verkehr zwischen Alleebäumen und Reihen hoher Gebäude nicht mehr auszumachen. Zudem hielt soeben eine andere Bahn an derselben Stelle und versperrte Judith die Sicht. Der jungen Frau kam zu Bewußtsein, in welcher Lage sie sich befand. Sie verstand nicht, wie ihr so etwas hatte passieren können. Ohne Mantel stand sie da in der Kälte. Sofort fühlte sie sich jedermanns zudringlichen Blicken ausgesetzt. Ihr kam der beängstigende Gedanke, sie könne sich Christian bloß eingebildet haben. War diese ganze Reiseaktion doch über ihre Kräfte gegangen? Erlitt sie einen Rückfall? Judith fror empfindlich.

Sie blieb nicht lange an der Haltestelle stehen, sondern lief unwillkürlich zu der Stelle, wo sie Christian und die Polizisten gesehen hatte. Dort war eine Fußgängerampel, die ihr vorhin nicht aufgefallen war. Natürlich, sie waren hier über die Straße gegangen und deshalb nicht bei der Haltestelle angekommen! Judith überquerte die Straße. Sie spähte in alle Richtungen. Im Geiste ging sie die Gegenstände in ihrer Reisetasche und ihrem Mantel durch. Natürlich befand sich ihr Portemonnaie mit allem Bargeld, Kreditkarte und Personalausweis darin! Sie mußte sofort die Bank anrufen und ihr Girokonto sperren lassen. Und bei der Verkehrsgesellschaft mußte sie anrufen, um ihren Verlust zu melden – vielleicht war jemand so ehrlich und gab die Sachen ab, oder der Fahrer der Bahn fand sie an der Endstation? Ohne Geld konnte sie aber nirgendwo anrufen. *So* fing ihr Leben in dieser Stadt also an! Nur mit großer Anstrengung unterdrückte sie ihr Bedürfnis, in Tränen auszubrechen und laut zu schreien.

Trupps alkoholisierter Karnevalsnarren zogen vorüber, stießen sie an, versuchten plump, sie zum Mitkommen zu überreden. Die kleine Menschengruppe, die sie suchte, konnte sie aber nicht entdecken, so sehr sie sich auch abmühte. Falls sie Christian und die Polizisten wirklich gesehen hatte, hatte sie sie jetzt engültig aus den Augen verloren. Mit vor der Brust verschränkten Armen lief sie weiter, bis sie an die nächste Ecke kam. Wohin nun? Aufs Geratewohl weiterzulaufen war sinnlos, vielleicht, überlegte Judith, sollte sie ein Taxi zu der neuen Wohnung nehmen? Falls Christian dann aber nicht dort wäre, bekäme sie Schwierigkeiten mit dem Bezahlen. Ohne Fahrschein mit der Straßenbahn bis

Kuhlaustraße zu fahren, traute sie sich nicht. In dieser Situation auch noch beim Schwarzfahren erwischt zu werden, wäre einfach zu viel.

Ein abgerissenes Individuum mit farbverschmiertem Gesicht trat schwankend auf sie zu und fragte mit schwerer Zunge: »Wie geht es dir, meine Blume?«

Vor seinem irren Blick und dem unerträglichen Geruch, den er verströmte, floh Judith über die Straße. Wieder kam ihr eine Horde brüllender Vermummter entgegen. Ihnen auszuweichen, war nicht leicht; wie Kleinkinder liefen sie auf jeden zu, der ihnen begegnete. Mitten auf dem Zebrastreifen war eine Schlägerei ausgebrochen. Wegen des dadurch verursachten Gedränges war es schwer für Judith, in wünschenswertem Tempo an der abscheulichen Szene vorbeizugelangen. Sie fand sich eingekeilt zwischen Betrunkenen, Neugierigen und schimpfenden Passanten, die wie sie selbst endlich weiterwollten. Längst hatte die Ampelphase gewechselt, der Autoverkehr stockte, und es wurde ausgiebig gehupt. Judith warf verzweifelte Blicke zum rettenden Ufer der anderen Straßenseite. Da gewahrte sie im Eingang einer Einkaufspassage flüchtig die Rückansicht dreier Polizisten. Und eine Zivilperson schien ebenfalls bei ihnen zu sein! Judith unterdrückte einen Schrei. Um nicht erneut die Spur zu verlieren, kämpfte sie sich mit aller Kraft frei und lief ein Stück die Straße entlang. Bei der ersten sich bietenden Gelegenheit schlüpfte sie zwischen zwei Fahrzeugen hindurch, überquerte den Bürgersteig und eilte zu der Passage. Sehr weit konnten sie noch nicht gekommen sein, dennoch entdeckte Judith keine Anzeichen von ihnen. Daß sie einen der teuren Läden aufgesucht hätten, nahm Judith nicht an, auch den Gastronomiebetrieb im Untergeschoß zog sie nicht in Betracht. Also hastete sie zum anderen Ende der Passage. Unter den Arkaden der Parallelstraße blieb sie stehen und sah sich nach allen Seiten um – ohne Erfolg. Sollte sie etwa doch in den Gastronomiebetrieb hinuntergehen? Gegen die Vorstellung empfand sie heftigste Abneigung. Dutzende enthemmter Widerlinge würden sich auf sie stürzen und ihr die restliche Kleidung vom Leib reißen.

Judith spürte, daß sie kurz davor war, aufzugeben und sich treiben zu lassen. Es war alles viel zu viel und hoffnungslos obendrein. Sie verspürte nur noch den übergroßen Wunsch, die qualvolle Sehnsucht, nach Hause zu gehen, nach Hause, an den einen durch und durch idealen Ort, an dem sie in Sicherheit war. Die Befürchtung, daß sie ihn in ihrem Leben wahrscheinlich nie finden würde, drohte sie zu lähmen. Als Jugendliche, bei ihren Eltern, hatte sie zuletzt das Gefühl gekannt, ein Zuhause zu haben. Weder in den Wohnungen, die sie anschließend allein gehabt und erst recht nicht in der, die sie zuletzt mit Christian geteilt hatte, war sie je heimisch geworden, keine hatte ihr die zum Leben notwendige Geborgenheit vermitteln können. Ob die neue Wohnung dazu bestimmt sein würde?

Judith hatte das Gefühl, auf dem Weg in ihr neues Leben schon jetzt gescheitert zu sein. Sie war nicht einmal in der Lage, eine Viertelstunde lang mit der Straßenbahn zu fahren und an einer verabredeten Haltestelle auszusteigen. Von einem Trugbild hatte sie sich innerhalb einer Sekunde nicht bloß Mantel und Reisetasche, sondern auch ihre mühsam aufgebaute Zukunft rauben lassen. Selbstverständlich war es nicht Christian gewesen, den sie da zu sehen geglaubt hatte.

›Langsam‹, sagte sie sich, ›nur die Ruhe! Ruhe, Ruhe, Ruhe. Nichts dramatisieren, Selbstanklagen vermeiden, Vernunft bewahren. Tief und gleichmäßig atmen.‹

Indem sie all dies beherzigte, stellte sie bald erleichtert fest, wie ihr der Mut wiederkehrte. Noch war sie nicht bereit aufzugeben. Schließlich wollte sie nicht wieder dahin zurückkehren, wo sie gerade herkam, und wo sie noch weniger zu Hause war. Bemerkenswerte Klarheit hielt Einzug in ihr Denken. Wozu sollte sie einem Phantom nachjagen? Statt eine zweifelhafte Gruppe Polizisten zu suchen, war es entschieden vernünftiger, zu einer realen Polizeiwache zu gehen und sich helfen zu lassen. Eine so einfache, naheliegende Lösung ihres Problems! Daß sie nicht gleich darauf gekommen war!

Wo mochte die nächste Wache sein? Judith beschloß, den ersten vertrauenerweckenden Passanten, der ihr begegnete, danach zu fragen. Im Augenblick drängten aber nur Figuren an ihr vorbei, die sie lieber nicht ansprechen wollte. Also lief Judith zunächst einmal weiter, bis ans Ende der Arkaden. Als sie rechts um die Ecke bog, um wieder zur Hauptstraße zu gelangen, stieß sie fast mit ihnen zusammmen: Hier hatte sie ihre drei Polizisten! Wo aber war Christian? Eine Gruppe von zivil gekleideten Leuten, drei Männer und eine Frau, schien irgendwie zu den Polizisten zu gehören. Christian befand sich nicht darunter. Es ging alles sehr schnell. Während Judith noch dabei war, sich zu wundern und Christians Abwesenheit zu registrieren, wandten sich die drei Polizisten ihr einladend zu, als ob sie sie erwartet hätten. Nicht so ordinär wie zuvor die betrunkenen Narren, aber nicht minder resolut, gingen sie sogleich daran, Judith zu vereinnahmen: »Wo wollen Sie denn hin?«

»Kommen Sie mit uns.«

»Wir bringen Sie nach Hause.«

Nach Hause! Was für ein Witz! Ausgerechnet diese Worte mußten sie gebrauchen! Judith wurde auf finster-fürsorgliche Art umringt. Sie wußte nicht, wie ihr geschah und setzte sich zur Wehr. Jetzt erst fiel ihr auf, was für seltsame Polizisten das waren. Diese verlebten, bärtigen Gestalten mit Zahnlücken und wirrem Haar erinnerten eher an kostümierte Stadtstreicher als an reguläre Ordnungshüter. War das nur ein geschmackloser Karnevalsscherz? Wenig karnevalsmäßig wirkte allerdings der entschlossene Ernst, der sowohl sie als auch die nicht kostümierten Mitglieder der Bande auszeichnete. Da war keine Spur von Ausgelassenheit. Alle sahen grau und mitgenommen aus, als hätten sie seit mehreren Tagen nicht mehr geschlafen; ihre Augen lagen in dunklen Höhlen, die Mienen waren emotionslos und müde. Judith wurde unheimlich zumute. Sie rief, man solle sie loslassen und was man sich überhaupt einbilde. Als das nichts half, schrie sie um Hilfe und schlug um sich, so fest sie konnte. Niemand half ihr. Im Gegenteil, einer von ihnen, der jüngste unter den drei Männern, versuchte, Judith eine mit einem langen, dünnen Schlauch verbundene Kanüle in den Rücken ihrer rechten Hand zu treiben. Im nächsten Moment wurde ihr schwarz vor Augen.

Später wußte sie weder, wie lange sie bewußtlos gewesen, noch was aus der Nadel geworden war. In ihrem Handrücken steckte sie jedenfalls nicht. Oder vielleicht doch? Und sie erkannte sie nur nicht, weil ihr durch den Schlauch etwas zugeführt wurde, das bestimmte Wahrnehmungen ausschaltete und Illusionen erzeugte?

Jedenfalls fand sie sich gehend wieder, eingegliedert in die Formation, die sich ihrer angenommen hatte. Ihr war schwindlig, und es fiel ihr schwer, klar und zusammenhängend zu denken. Inzwischen schienen sie und ihre Begleiter sich schon ein gutes Stück von der Stelle ihres Zusammentreffens entfernt zu haben. Die Umgebung erinnerte nicht mehr an das mondäne Stadtzentrum, sondern erweckte vielmehr einen groben, ärmlichen Eindruck. Die Läden boten alles andere als Luxusartikel an, wenn sie nicht ohnehin leerstandenen. Jemand hatte Judith eine Decke umgehängt, so daß sie nicht mehr fror. In losem Zusammenhalt schritt der Verband auf seinem unbekannten Weg voran. Die drei Uniformierten schweigend an der Spitze, gefolgt von der Frau und dem jungen Mann, die sich ernst und leise miteinander unterhielten, und, zum Schluß, Judith mit den beiden anderen Männern.

›Mein Gott‹, fiel ihr ein, ›ich muß mich unbedingt um meinen Mantel und meine Reisetasche kümmern!‹

Alle Furcht vergessend, erzählte sie den beiden Männern neben ihr von dem Verlust ihres Eigentums und der Notwendigkeit, sich schnellstens telephonisch danach zu erkundigen. Der Mann zu ihrer Rechten zog etwas aus der Manteltasche, das sich als ein besonders kleines Funktelephon, wie für besonders kleine Kinder, herausstellte. Er reichte es ihr.

»Ich weiß die Nummer der Verkehrsgesellschaft nicht«, sagte Judith.

»Die Nummer der Verkehrsgesellschaft«, rief der andere Mann nach vorn.

Ohne stehenzubleiben, blickte sich die Frau um und nannte das Gewünschte. Sie war etwa in Judiths Alter und sprach mit slawischem Akzent. Judith dankte und machte sich daran, die Nummer einzutippen. Dabei stieß sie aber sogleich auf eine unerwartete Schwierigkeit. Die Tasten waren so klein, daß sie mit den Fingern nicht zu bedienen waren. Man mußte eine Nadel oder einen gut angespitzten Bleistift zu Hilfe nehmen. Leider hatte niemand etwas Derartiges bei sich.

»Dann muß ich irgendwo fragen, ob man mir einen Stift oder eine Nadel leiht«, sagte Judith.

»Das geht nicht«, antwortete der Mann, dem das Telephon gehörte. »Wir können nirgendwo haltmachen, wir müssen weitergehen.«

»Aber ich muß dringend telephonieren«, protestierte Judith. In diesem Augenblick lief ein Kind vorbei und riß ihr das Telephon aus der Hand. Sie wollte sofort hinterher, doch die Männer hielten sie zurück: »Lassen Sie! Wir müssen weiter.«

»Und Ihr Telephon?« fragte Judith.

Der Besitzer erwiderte: »Sie haben doch selbst gesehen, daß es nichts getaugt hat.«

Der andere fügte hinzu: »Das blöde Kind wird nicht viel Freude damit haben.«

»Also ... das ist doch lächerlich«, widersprach Judith, die fühlte, wie ihre Gedanken wieder begannen auseinanderzutreiben. »Weshalb können wir nicht ... nicht ... kurz irgendwo anhalten, damit ich telephonieren kann? Ich ... muß doch telephonieren ...«

Sie erhielt keine Antwort und verzichtete auf eine Wiederholung der Frage. Etwas anderes war ihr jetzt wichtiger. Ihr wurde bewußt, daß sie keine Ahnung hatte, in wessen Gesellschaft sie sich befand und wohin man so zielstrebig unterwegs war. Daß sie trotzdem einfach mitlief, wunderte sie. Nie zuvor in ihrem Leben wäre sie auf die Idee gekommen, sich willenlos fremden Leuten anzuschließen. Doch andererseits schien es ihr peinlich, sich erst jetzt nach Identität und Funktion dieser Menschen zu erkundigen. Ihr fiel wieder ein, daß sie eine Zeitlang bewußtlos gewesen war. Durchaus möglich also, daß ihr bereits alles mitgeteilt worden war und daß sie es nur nicht registriert oder gleich darauf wieder vergessen hatte. Was würde man von ihr denken, wenn sie jetzt noch einmal nach etwas fragte, was längst geklärt war? Einerlei, sie mußte es wissen. Möglichst beiläufig wandte sie sich an den Mann zu ihrer Rechten: »Entschuldigen Sie, aber ich war vorhin ein wenig geschwächt und habe wohl nicht alles mitbekommen. Würden Sie mir daher bitte noch einmal sagen, wohin wir gehen?«

Der Mann sah sie halb befremdet, halb mitleidig an und antwortete nach kurzem Zögern: »Wir bringen Sie doch nach Hause.«

Judith murmelte einen Dank und schwieg verstört. Nach Hause? Wo sollte das denn sein?

›Vielleicht bringen sie mich zu Christian in die neue Wohnung?‹ dachte sie, denn das schien ihr die einzige logische Erklärung zu sein. ›Dann habe ich ihnen vorhin also gesagt, daß ich zur Kuhlaustraße unterwegs war... Nun ja, das könnte hier schon ein Vorort sein ... Und daß sie sich weigern anzuhalten, könnte bedeuten, daß sie Christian nicht so lange auf mich warten lassen wollen. Er ist ja völlig im Ungewissen darüber, wo ich bleibe, der Ärmste!‹

Man brachte sie also nach Hause. Nun mußte sie noch herausbekommen, wer diese hilfsbereiten Leute waren. Der Blick, mit dem sie der Mann wegen der Frage nach dem Ziel der Wanderung bedacht hatte, war ihr noch immer unangenehm, doch sie sah sich gezwungen, einen weiteren zu riskieren.

»Diese Polizisten«, begann sie vorsichtig.

»Ja?« fragte der Mann ohne eine Spur von Erstaunen oder Vorwurf, weshalb Judith mutig fortfuhr: »Ich meine, die Uniformen ... das sind doch sicher Karnevalskostüme. Aber ...«

»Was denken Sie denn«, erwiderte der Mann aufrichtig betroffen. »Selbstverständlich sind die Herren Polizisten. Allerdings keine gewöhnlichen, alltäglichen.«

Judith sah ihn ungläubig an. Der Mann sprach weiter: »Ich kann Ihnen ja ruhig alles sagen, früher oder später erfahren Sie es ohnehin.«

»Was erfahre ich?«

»Nun also, die Dame und der junge Mann da vor uns, der Herr neben Ihnen und ich selbst, wir sind mit dem Zug gekommen. Dabei haben wir etwas Entscheidendes falsch gemacht, ich kann Ihnen gar nicht so ohne weiteres erklären, was – es hat mit Zeit und Raum zu tun –, jedenfalls sind wir gewissermaßen auf falsche Weise in den Bahnhof eingefahren, so daß wir augenblicklich wußten: Wir sind tot. Sie werden sich das nicht vorstellen können, auch nicht, wie entsetzlich traurig wir bei dieser Erkenntnis waren. Als wir ausgestiegen sind, haben uns die Polizisten verhaftet. Für immer.«

»Tot?« rief Judith. »Wieso tot?«

»Ruhig, ruhig«, beschwichtigte sie der Mann. »Beherrschen Sie sich. Denken Sie an Ihre Atmung. Es nützt niemandem, wenn Sie sich aufregen. Wir haben das schon eingesehen. Akzeptieren Sie es einfach, das ist das Beste.«

»Angenommen, es wäre so«, sagte Judith empört. »Was hätte ich aber damit zu tun? *Ich* bin doch nicht tot! Ich bin nicht auf falsche Weise in den Bahnhof eingefahren!«

Indem er sie besorgt anblickte, sprach der Mann leise: »Sie wissen doch selbst, was Sie getan haben.«

Aus Judiths Empörung wurde Angst, die schnell wuchs. »Was ich getan habe?« begehrte sie auf. »Ich bin aus der Straßenbahn gestiegen, weil ich geglaubt habe, meinen Freund draußen gesehen zu haben.«

»Sehen Sie.«

»Was soll ich sehen? Das ist doch etwas vollkommen anderes als bei Ihnen! Es ist schließlich nicht gleich jeder tot, der an der falschen Haltestelle aussteigt.«

»Jeder nicht, da haben Sie recht.«

»Wollen sie damit sagen –«

Der Mann sah schweigend weg. Und immerfort gingen sie weiter. Die völlig irrationale Angst, die in Judith aufstieg, wurde zur Panik. ›Die sind alle wahnsinnig‹, wurde ihr klar. ›Keinen Schritt gehe ich weiter mit denen zusammen. Ich kann nicht glauben, daß ich das überhaupt bis jetzt mitgemacht habe. Auf der Stelle trenne ich mich von ihnen und frage im nächsten Geschäft, ob mir jemand helfen kann.‹

Abrupt blieb sie vor dem Schaufenster eines schäbigen Gebrauchtwarenladens stehen. Bevor sie aber einen einzigen Schritt auf die Eingangstür zugehen konnte, fühlte sie einen schmerzhaften Ruck an ihrer rechten Hand. Im selben Moment blieb die Gruppe ihrer Begleiter stehen, alle wandten sich nach ihr um. Der Mann zu ihrer Rechten schaute sie traurig an. Wegen des Schmerzes warf Judith einen Blick auf ihren Handrücken. Je länger sie hinsah, desto deutlicher konnte sie die Kanüle erkennen, die, mit einem Pflaster befestigt, darin steckte und sie über den dünnen Schlauch mit den anderen verband. Ihr wurde wieder schwarz vor Augen. Hilfesuchend blickte sie auf. Im rapide schwindenden Licht war ihr, als sähe sie hinter der dreckigen Schaufensterscheibe ihren Mantel und ihre Reisetasche.

Der Bruder

Ein Mann mit Kopfverband und zahlreichen Pflastern im Gesicht lief die Straße nach Legeberg entlang. Von hinten näherte sich ein Wagen und hielt an. Eine besorgte Frauenstimme rief über die Straße: »Um Himmels willen, Otfried!«

Otfried Sachs drehte sich verblüfft um. Auf der anderen Straßenseite stand ein heller PKW. Die Fahrerin sah aus dem offenen Fenster.

»Wie siehst du denn aus? Was ist passiert?«

Er ging vorsichtig zu ihr hinüber. Jetzt erkannte er sie wieder. Es war Elisabeth, eine alte Liebe aus Jugendtagen.

»Kann ich dich mitnehmen?« fragte Elisabeth weiter, da er nicht antwortete.

»Elisabeth«, murmelte Otfried entgeistert. Er ging um das Fahrzeug herum und stieg ein. »Ich wollte soeben zum Haus meiner Eltern«, erklärte er, sobald er saß.

»Ich kann dich hinfahren«, sagte Elisabeth. »Ich habe schon gehört, daß du wieder in Legeberg bist. Mein Mann hat es erzählt.« Während sie losfuhr, sah sie ihn an. »Sag schon«, drängte sie ihn, »was ist dir zugestoßen? Hast du Ärger mit deinem Bruder gehabt?«

Otfried sah Elisabeth ratlos an.

»Mit wem?«

»Mit Ulrich! Ihr habt euch natürlich wieder gestritten, wie früher. Man sieht's.«

Wieder bedachte Otfried die frühere Freundin mit

einem verständnislosen Blick, dann fuhr er unsicher fort: »Ich bin wegen Erbschaftsangelegenheiten hier.«

Jetzt war es an Elisabeth, ungläubig zu fragen: »Erbschaftsangelegenheiten?«

»Vater ist doch gestorben. Schon vor zwei Wochen.«

»Gestorben? Von einer Beerdigung hat man hier aber nichts gehört.«

»Nicht? Das gibt es doch nicht.«

»Na, wie auch immer: mein Beileid.«

»Danke.«

Das Haus von Otfrieds Eltern stand am Rand der Ortschaft, nach einer Fahrt von zehn Minuten hatten sie es erreicht. Elisabeth stellte den Motor ab und bestand darauf, Otfried hineinzubegleiten. Er widersprach, das sei absolut nicht nötig, doch sie beharrte darauf.

»Na schön«, sagte er beim Aussteigen, »dann komm halt mit. Du wirst dich wundern.«

Als sie auf das renovierungsbedürftige Zweifamilienhaus mit den geschlossenen Läden zugingen, wunderte sich Elisabeth in der Tat: »Wie heruntergekommen alles ist! Und der Vorgarten – eine solche Wildnis! Wie muß es erst im hinteren Teil aussehen! Ich bin wirklich sehr lange nicht mehr hier gewesen. Du wirst sehr viel Arbeit haben, wenn du das Haus übernimmst. Und hohe Kosten.«

»Der Garten gefällt mir, wie er ist«, erwiderte Otfried. »Über das Haus kann ich noch nicht viel sagen. Ich kenne es bis jetzt nur von außen.«

»Wie, nur von außen?«

»Ich kann nicht hinein. Man enthält mir die Schlüssel vor, schon seit vierzehn Tagen. Darüber muß ich unbedingt mit dem Testamentsvollstrecker reden. Ich habe ihn aber noch nicht erreichen können, ich weiß nur, daß er Notar ist und Schrikker heißt.«

»Wo wohnst du denn solange?«

»Komm, ich zeig's dir.«

Otfried führte Elisabeth ums Haus herum, in den prächtig wuchernden Garten auf der Rückseite. Das stattliche Grundstück wurde vollständig von den Kronen mehrerer dicht beieinander stehender Laubbäume beschattet. Riesige, vernachlässigte Beerensträucher machten den Weg fast unpassierbar, die ehemaligen Blumen- und Gemüsebeete waren kaum noch als solche zu erkennen.

»Und das gefällt dir, so wie es ist?« rief Elisabeth.

»Und wie!« war Otfrieds Antwort. »Es ist ideal für mich! Allerdings will ich die Beete neu anlegen. Gemüse will ich ziehen und Blumen pflanzen. Hauptsächlich Gladiolen und dunkle Rosen.«

Sie waren vor dem Gartenhaus angekommen, einer soliden Holzhütte mit Schindeldach. Links daneben schloß sich ein verwitterter Geräteschuppen an. Das Gartenhaus war früher nie genutzt worden, weshalb seine Eltern es eigentlich hatten bauen lassen, war Otfried unbekannt. Er öffnete die Tür.

»Bitte sehr: meine provisorische Bleibe.«

Elisabeth stellte fest: »Provisorisch ist sehr schmeichelhaft ausgedrückt. Willst du nicht lieber bei uns wohnen, bis alles geklärt ist? Wir haben ein Gästezimmer mit eigenem Eingang. Du würdest niemanden stören, und mein Mann hätte bestimmt nichts dagegen.«

Otfried lehnte das freundliche Angebot dankend ab. »Der erste Eindruck täuscht«, erläuterte er. »Es ist komfortabler als du denkst. Sogar Strom und fließendes Wasser habe ich.«

Er führte die vorhandenen Annehmlichkeiten vor: das schmale Bett, den Schrank, die Küchenecke mit Spülbecken, Vorratsregal und Elektro-Kochplatte. Weiterhin verfügte er über einen Tisch, zwei Stühle, ein volles Bücherbord und ein sehr altes, aber noch funktionstüchtiges Radio. An einer quer durch den Raum gespannten Leine waren verschiedene Kleidungsstücke zum Trocknen aufgehängt.

»Ich konnte ja nicht ahnen, daß ich Besuch bekomme«, entschuldigte sich Otfried. »Mit der Wäsche ist es momentan etwas problematisch. Aber irgendwie komme ich zurecht. Wenn ich erst ins Haus kann und alles renoviert ist, lasse ich meine Sachen kommen und gebe meine jetzige Wohnung in der Stadt auf. Da fühle ich mich ohnehin nicht wohl. Glaub mir, ich habe mich gut zwanzig Jahre lang nach dem ruhigen Leben hier gesehnt. Aber ich mußte ja weg damals.«

Elisabeth legte die Stirn in Falten und blickte dann peinlich berührt aus dem Fenster.

»Du solltest dir jetzt Ruhe gönnen«, sagte sie. Sie schien es plötzlich eilig zu haben. »Leg dich am besten hin. Ich komme morgen wieder.«

Sie verabschiedete sich und lief durch den Garten zurück zu ihrem Wagen. Otfried befolgte ihren Rat und legte sich aufs Bett. Mit der Ruhe wollte es jedoch nichts werden, denn ihn beschäftigte die Frage, was mit Elisabeth los sein mochte. Wieso hatte sie sich so plötzlich verabschiedet? Und vor allem: Was hatte sie da von einem Streit geredet? Mit einem Bruder? Otfried hatte keinen Bruder!

In der Nacht konnte er nicht gut schlafen, dafür sorgten seine zahlreichen Wunden. Ständig mußte er darauf achtgeben, sich im Liegen nicht ungeschickt zu bewegen. Doch als er am nächsten Morgen erwachte, ließ ihn der Garten sofort alles Unschöne vergessen. In bester Stimmung spazierte Otfried auf dem schattigen Grundstück umher, machte Pläne für Blumen- und Gemüsebeete und freute sich darauf, endlich das Haus in Besitz zu nehmen. Die Lage war einfach paradiesisch. Das nächste Haus stand gut zweihundert Meter entfernt; mit Kindergeschrei, Grillgestank und Feierlärm konnte er hier nicht belästigt werden. Welch ein Unterschied zu seiner Wohnsituation in der ungeliebten Stadt! Die Luft war rein und erfüllt vom Klang zahlreicher Vogelstimmen. Hier gehörte er her!

Otfried beschloß, den restlichen Tag beschaulich und bei entspannenden Tätigkeiten in der Sphäre seines provisorischen Tusculums zu verbringen. Als am Nachmittag Elisabeth kam, um sich nach Otfrieds Befinden zu erkundigen, lud er sie gutgelaunt zu einem improvisierten Kaffeetrinken im Garten ein. Sogar Rosinenplatz aus Legeberg konnte er ihr anbieten, und das Radio steuerte Opernarien des Barock bei. Otfried wurde nicht müde, von den Wundern des Gartens zu sprechen. »Es war eine Riesendummheit von mir, von hier fortzugehen«, sagte er. »Ich weiß wirklich nicht mehr, warum ich das überhaupt getan habe.« Kaum hatte er dies gesagt, als Elisabeth wieder unangenehm dreinblickte und schwieg. Otfried, dem solches Verhalten schon am Vortag aufgefallen war, erinnerte sich auch an ihre seltsamen Reden von einem Bruder und beschloß, sie danach zu fragen: »Elisabeth, du sprachst gestern ganz selbstverständlich von einem Ulrich, mit dem ich angeblich Streit hatte. Das wundert mich sehr.«

»Warum sollte dich das wundern?«

»Weil ich keinen Ulrich kenne.«

»Otfried, du spinnst! Oder soll das ein Scherz sein? Ein reichlich schlechter allerdings, muß ich sagen.«

»Es ist mir absolut ernst damit.«

»Mein Gott, Otfried! Entschuldige bitte, aber man muß ja an deinem Verstand zweifeln.« Besorgt sah sie dabei seinen Kopfverband an. »Ich rede von Ulrich, deinem älteren Bruder. Wie kannst du den nur verleugnen? Womöglich leidest du an einer Amnesie? Du solltest einen Spezialisten aufsuchen, so bald wie möglich. Am besten gleich morgen!«

Otfried wußte nicht, was er von diesen Reden halten sollte. Noch weniger, als Elisabeth glauben, wollte er allerdings für verrückt gehalten werden, und so fragte er: »Was weißt du von meinem Bruder? Vielleicht kommt mir ja irgend etwas davon bekannt vor, wenn ich es höre.«

Elisabeth zögerte einen Augenblick, dann sagte sie: »Wo soll ich beginnen? Na ja, mit Ulrich bist du nie gut ausgekommen. Deshalb habe ich gestern auch gleich vermutet, ihr hättet eure alten Streitereien fortgesetzt. Schon als Kinder habt ihr einen erschreckenden gegenseitigen Haß an den Tag gelegt. Wie oft habt ihr euch nicht blutig geschlagen! Und an Ulrichs Konfirmation, das mußt du aber doch wissen, hast du ihn mit einem Messer verletzt, weil du gedacht hast ...«, Elisabeth zögerte wieder, »... nun, weil du gedacht hast, er und ich, wir hätten etwas miteinander. Fällt es dir nicht wieder ein? Nein? Du warst ein ganz schöner Teufel, obwohl du der Jüngere warst.«

Das überzeugte Otfried davon, daß sie log. Ein folgsames Kind war er gewesen, friedfertig und introvertiert. Von anderen hatte er einiges einstecken müssen und immer viel Angst gehabt. Seine Eltern hatten ihm noch und noch zugeredet, sich zur Wehr zu setzen, doch er war Konfrontationen lieber aus dem Weg gegangen. Elisabeth fuhr fort: »Doch, das warst du. Wegen deiner maßlosen Zornausbrüche bist du doch schließlich auch weggeschickt worden. Es hieß, du hättest Ulrich fast umgebracht.«

»Was für ein Quatsch!« rief Otfried verärgert, denn es reichte ihm.

»Hast du denn alles restlos verdrängt, du Armer?« fragte Elisabeth mitleidig und vorwurfsvoll zugleich.

»Du kannst mir erzählen, was du willst, Elisabeth, ich glaube dir kein Wort. Erst recht nicht solche fadenscheinigen Greuelmärchen. Ich habe nie einen Bruder gehabt. Wieso du mir das alles einreden willst, weiß ich nicht, aber ich bitte dich, damit aufzuhören. Ich habe gedacht, wir seien Freunde.«

»Ja, das dachte ich allerdings auch«, antwortete Elisabeth schroff. Sie stand auf. Doch anstatt gekränkt davonzulaufen, besann sie sich augenblicklich und sprach sehr ernst: »Glaub mir bitte, ich meine es gut mit dir, und ich trage dir auch nichts nach.«

»Was solltest du mir denn nachtragen?«

»Schon gut. Otfried, ich möchte dir helfen. Aber wenn du dich dermaßen verschließt und verhärtest, kann ich das nicht. Für heute ist es wohl besser, wenn ich dich verlasse. Morgen werde ich wieder nach dir sehen. Mach's gut.«

Otfried sah der Davoneilenden nach. Noch lange,

nachdem sie fort war, brütete er vor sich hin, verärgert über den himmelschreienden Humbug, den er sich hatte anhören müssen. Schließlich sagte er laut: »Nichts da. Mit mir nicht! Das wäre ja noch schöner!«

Er bekam Kopfschmerzen, sein Nacken verspannte sich. Ein Spaziergang würde ihm gut tun, und, um bei der Gelegenheit gleich etwas in seiner Sache zu erledigen, beschloß Otfried, in den Ort zu gehen. Er wollte sich endlich Zutritt zu seinem Erbhaus verschaffen, also mußte er wohl oder übel die Hilfe eines Schlüsseldienstes in Anspruch nehmen, der die Schlösser an den Außentüren auswechselte. Den einzigen Schlüsseldienst weit und breit betrieb die Eisenwarenhandlung Denner am Marktplatz. Dorthin machte er sich auf den Weg.

Nachdenklich schritt Otfried durch den Ort, den er so gut kannte und der sich kaum verändert hatte. Phantastische Empfindungen, die er hier als Kind gehabt hatte, stellten sich in der vertrauten Umgebung wieder ein. Nach zwei Jahrzehnten seelischer Nüchternheit verspürte er etwas von der Inspiration einer längst vergangenen Zeit. Wie als kleiner Junge näherte er sich erwartungsvoll dem Schaufenster der Eisenwarenhandlung Denner. Durch dieses Fenster hatte er seinerzeit kostbarste Blicke in eine andere Welt getan, die ihm in seiner Erinnerung märchenhaft erschien. Eine üppige, altertümliche Treuherzigkeit hatte der Auslage vor allem zur Weihnachtszeit geradezu himmlische Qualität verliehen. Doch beim Anblick der aktuellen Dekoration empfand Otfried etwas entschieden anderes. Jenseits der großen Scheibe verkündete ein handgeschriebenes Plakat:

Öffnet die Herzen, der Sommer ist da!
Wir Menschen sind jetzt fröhlich!
Wir lieben das Singen, das Lachen,
das Feiern in unseren schönen Gärten!

Darunter wurden häßliche Grillgeräte, Rasenmäher, Hochdruckreiniger und andere, zum Teil aberwitzige Gartenmaschinen präsentiert. Otfrieds besondere Stimmung verflog restlos. Er sah sein Spiegelbild im Schaufensterglas und fragte sich, ob er so verbunden und verpflastert überhaupt in der Öffentlichkeit herumlaufen durfte. Doch was blieb ihm anderes übrig? Mit Denner jr. war er einst zur Schule gegangen – ob er inzwischen den Laden übernommen hatte? Otfried trat in den menschenleeren Laden. Die Inneneinrichtung hatte die gleiche drastische Veränderung durchgemacht wie die Auslage. Von den ehrwürdigen Holzmöbeln mit den vielen Schubladen, den hohen Regalen und der von einer gußeisernen Registrierkasse gekrönten breiten Thekenvitrine war keine Spur mehr vorhanden. Ihre Stelle nahmen kunststoffbeschichtete Armseligkeiten in mißlungenen Formen und Farben ein. Entsprechend falsch sahen die dargebotenen Artikel aus. Ein zu den schändlichen Interieurs passendes elektronisches Signal meldete Otfrieds Anwesenheit. In dem offenen Durchgang hinter der Theke erschien ein Mann, den er zunächst für den alten Denner hielt. Auf den zweiten Blick erkannte er ihn als seinen ehemaligen Schulkameraden. Das Wiedererkennen war offenkundig ein gegenseitiges, denn ohne zu zögern fuhr der andere gegen Otfried los: »Du wagst es doch tatsächlich, am hellichten Tag hier aufzukreuzen! Aber du hast dich umsonst herbemüht, sie ist nicht hier. Mit welcher Dreistigkeit du ihr nachstellst! Bist du deshalb nach Legeberg zurückgekommen?«

Nachdem Denner mit solchem Beispiel vorangegangen war, hielt sich Otfried ebenso wenig mit Begrüßungsformalitäten auf und erwiderte: »Wovon redest du? Wem stelle ich nach?«

»Tu nicht so scheinheilig! Glaubst du, ich wüßte nicht, daß du meiner Frau auflauerst? Man hat euch zusammen gesehen, in ihrem Wagen.«

»Elisabeth ist deine Frau?«

»Als ob du das nicht wüßtest! Spiel hier nicht den Unschuldigen! Sie hat es dir von Anfang an gesagt und dich vor mir gewarnt. Dein Pech, daß du das in den Wind geschlagen hast. Wenn sie es nicht schafft, dich abzuschütteln, dann muß ich das eben übernehmen.«

Denner kam um die Theke herum auf Otfried zu. In der Hand hielt er auf einmal eine Pistole. Haßerfüllt geiferte er weiter: »Elisabeth hat dir schon die Visage zerkratzt, aber das hat dir anscheinend nicht gereicht. Na warte, ich werd dich lehren, mein Heim und meine Ehe zu bedrohen!«

Otfried wußte nicht, was er zu so viel Unverstand äußern sollte. Sprachlos wich er zurück, auf die Ladentür zu. Denner drückte ihm den Pistolenlauf in den Bauch, daß es schmerzte.

»Jetzt ist dein schäbiges Leben in meiner Hand, Otfried Sachs. Mein Zeigefinger braucht bloß eine nervöse Zuckung zu kriegen, dann ist meine Frau für alle Zeit sicher vor dir. Du bist unerwünscht in Legeberg, merk dir das! Geh in die Stadt zurück und kauf dir deine Huren, aber laß Elisabeth in Frieden! Allein für das, was du ihr damals angetan hast, hätte ich das Recht, dich gleich hier zu erledigen.«

»Was soll ich ihr denn angetan haben?« fragte Otfried aufrichtig empört. Denner wurde blaß vor Wut. Fortwährendes Kopfschütteln verriet seine mühsame Selbstbeherrschung.

»Raus«, knurrte er. »Raus! Und komm mir ja nie wieder in die Quere!« Mit der Pistole schob er Otfried zur Ladentür hinaus.

Auf dem Bürgersteig schnappte Otfried nach Luft. Er rieb sich die Stelle, die Denner mit seiner Waffe malträtiert hatte. Unfaßbar, daß Elisabeth mit diesem krankhaft eifersüchtigen Menschen verheiratet sein sollte. Der Mann war ja gefährlich. Am liebsten hätte Otfried Anzeige gegen ihn erstattet. Aber die Kopfschmerzen, die bereits abgeklungen waren, hatten sich wieder eingestellt, und Otfried wollte nur noch seine Ruhe. Ohne in Sachen Schlüsseldienst etwas erreicht zu haben, trat er den Heimweg an.

Als das Elternhaus in Sichtweite kam, stellte Otfried fest, daß Elisabeths Wagen davorstand. Was wollte sie jetzt schon wieder? Sie saß am Steuer, die Fensterscheibe der Fahrertür war heruntergelassen. Otfried blieb neben ihr stehen. Anstelle einer Begrüßung fragte er: »Bist du mit Denner verheiratet?«

»Wußtest du das nicht?«

»Nein, das wußte ich nicht. Er hat es mir eben gesagt, und es hat mich verwundert. Was mich allerdings noch mehr verwundert hat, war sein Benehmen mir gegenüber.«

»Was meinst du damit?«

»Na, dein Mann hat sie doch nicht alle.«

»Wie bitte?«

»Er hat eindeutig irre geredet und behauptet, ich würde dir nachstellen, dich belästigen. Mit einer Pistole hat er mich bedroht.«

Elisabeth lachte laut auf. »Natürlich!« rief sie und fragte höhnisch: »Aber geschossen hat er nicht?«

»Nein, nur gedroht und mich aus dem Laden getrieben. Er behauptet, ich hätte dir etwas Schlimmes angetan.«

»Jetzt hast du es auch auf meinen Mann abgesehen«, sagte sie gekränkt. »Es ist so absurd, was du da behauptest. Ausgerechnet ihm unterstellst du so etwas. Lächerlich! Otfried, du mußt unbedingt einen Spezialisten konsultieren, glaub mir endlich!«

»Laß mich doch mit deinem Scheiß-Spezialisten in Frieden! Ich werde ja wohl noch wissen, was ich gerade erlebt habe. Dein sauberer Gatte hat mich mit der Pistole bedroht. *Er* braucht einen Spezialisten, denn er hat die abwegigsten Wahnvorstellungen!«

»Ich bin in der besten Absicht hergekommen«, sagte Elisabeth. »Aber wenn du nun solche absurden Vorwürfe gegen meinen Mann erhebst, dann steige ich besser gar nicht erst aus. Mein Mann hat das wirklich nicht verdient. Er ist ein herzensguter Mensch. Nie würde er tun, was du da behauptest, obwohl er wahrlich allen Grund hätte, keine allzu gute Meinung von dir zu haben.«

»Höre ich richtig? Er hätte Grund, keine gute Meinung von mir zu haben? Was für ein Grund sollte das sein?«

Elisabeths Blick nahm den peinlich berührten Ausdruck an, den Otfried bereits zuvor an ihr beobachtet hatte.

»Nein«, sprach sie nach einer Weile mit trauriger Stimme, »es hat keinen Zweck. So können wir nicht miteinander reden. Auf diese Weise zerstörst du unsere Freundschaft – und meine Ehe.«

»Jetzt ist es aber genug!« brauste Otfried auf. »Ich bin es leid, mir dauernd irgendwelchen Blödsinn anzuhören ...«

Elisabeth schnitt ihm das Wort ab: »Ich glaube, es ist besser, wenn wir uns nicht mehr sehen, solange du nicht endlich vernünftig wirst.« Sie ließ den Motor an.

»Ach, verschone mich doch mit deinem Getue!« versetzte Otfried. »Ich lasse es mir nicht verbieten, die Wahrheit zu sagen.«

Er ging weiter und öffnete das Tor zum Vorgarten. Hinter sich hörte er Elisabeth davonfahren. Wütend betrachtete er das Haus mit den verschlossenen Fensterläden. Wegen der Türschlösser war schnellstens etwas zu unternehmen. Wie die Dinge lagen, mußte ein Schlüsseldienst aus der Stadt beauftragt werden.

Der kühle, schattige Garten brachte Otfried bald auf andere Gedanken. Kaum umfing ihn die verwunschene Atmosphäre, entspannte er sich merklich, ein profundes Wohlgefühl ergriff Besitz von ihm. Er machte sich an die Zubereitung des Abendbrots, das er dann im Freien genoß. Aus dem ins offene Fenster der Hütte gestellten alten Radio säuselte romantische Kammermusik. Essend und trinkend vertiefte er sich in die Lektüre eines Buches über die heimische Vogelwelt. Deren leibhaftige Vertreter lieferten rings umher die akustischen Illustrationen. Viel zu früh war die Musiksendung zu Ende. Otfried schaltete das Radio aus, um nicht die folgenden Nachrichten hören zu müssen.

Nach dem Abräumen seiner improvisierten Tafel machte er eine gemächliche Runde durch den Garten. Immer wieder sah er dabei ungeduldig zum Haus. Es war doch einfach albern, daß er, statt darin zu wohnen, nun schon so lange darum herumschlich. Lediglich zwei Schlösser brauchten ausgewechselt zu werden, an der Vorder- und der Hintertür! Und dafür würde er nun einen Schlüsseldienst aus der Stadt rufen müssen ... Infolge solcher Betrachtungen widmete er seinem Weg unwillkürlich immer weniger Aufmerksamkeit, bis er sich vor der Haustür wiederfand. Mürrisch inspizierte er den Gegenstand seines Verdrusses. So ein kleines Ding aus Metall konnte derartigen Einfluß auf das Leben eines Menschen nehmen! Otfried fuhr mit dem Zeigefinger über das Sicherheitsschloß, als hoffte er, es auf magische Weise öffnen zu können. Bevor er sich resigniert abwandte, um in den Garten zurückzukehren, rüttelte er vorwurfsvoll am Türknauf. Im Bewußtsein, etwas so Kindisches wie Nutzloses zu tun, ließ er den Knauf gleich darauf wieder los. Seine Hand hatte sich höchstens zehn Zentimeter davon entfernt, als die Haustür nach innen aufging. Otfried starrte entgeistert auf den breiter werdenden Spalt, durch den ihn ein Mann und eine Frau ansahen. Sie trugen Straßenkleidung und wollten dem Anschein nach soeben ausgehen. Sie mochten um die Fünfzig sein, die Frau war rothaarig und korpulent, der Mann dunkelhäutig, er trug einen schütteren Vollbart. Anstatt etwas zu äußern, blickten sie Otfried aus müden, verschwollenen Augen stumm an. Otfried suchte nach Worten. Schließlich fragte er stammelnd, was sie da täten und wer sie seien.

»Gestatten, Loboschenko«, sagte der Mann mit tiefer Stimme. »Wir wohnen hier.«

»Sie *wohnen* hier?« Otfried schrie fast. »Die ganze Zeit?«

»Jawohl, seit zwei Jahren. In der Parterrewohnung. Oben die Wohnung steht leer«, antwortete Herr Loboschenko. Seine Frau fragte Otfried: »Und wer sind Sie, bitte?«

»Otfried Sachs, mein Name. Ich hatte wirklich keine Ahnung, daß jemand ...«

Herr Loboschenko unterbrach ihn: »Sind Sie ein Sohn vom alten Herrn Sachs?«

»Ja.«

Frau Loboschenko fragte: »Dann sind Sie also der Bruder von Herrn Ulrich Sachs, unserem Vermieter?«

Weil Otfried zögerte, wollte Herr Loboschenko wissen: »Können Sie sich ausweisen?«

Otfried holte seinen Personalausweis hervor. Nach einem kritischen Blick darauf sagte Loboschenko kopfnickend: »Ja, das hat anscheinend seine Richtigkeit. Als naher Verwandter haben Sie wohl das Recht, das Haus zu betreten, nehme ich an. Kommen Sie bitte herein.«

Das Ehepaar trat beiseite und ließ Otfried ins Treppenhaus. Der sah sich betreten um. Die Wände waren im Gegensatz zu früher geschmacklos tapeziert und mit nichtssagenden, vorgeblich dekorativen Bildern behängt, auf die Stufen der Holztreppe hatte man Kunststoff-Trittschoner geklebt. Auch ein häßlicher Blumentisch, den es zu Otfrieds Zeit nicht gegeben hatte, stand da.

»Sie scheinen keine Schlüssel zu haben«, stellte Herr Loboschenko fest, was Otfried nur bestätigen konnte.

Die Ehefrau des finsteren Menschen verschwand daraufhin in der Parterrewohnung. Zwei Sekunden später kam sie wieder heraus, einen Schlüsselbund in der Hand, den sie dem neuen Hausbesitzer überreichte. Der Austausch der Schlösser erübrigte sich! Otfried dankte hocherfreut.

»Ich werde dann mal die oberen Räumlichkeiten besichtigen«, kündigte er an. Loboschenkos nickten, dann verließen sie das Haus. ›Eigenartige Leute‹, dachte er. Sie mußten ihn doch schon gesehen haben! Weshalb hatten sie sich nie gezeigt? Schwer vorstellbar, daß sie sich die ganze Zeit über hinter geschlossenen Läden aufhielten, ohne je Licht zu machen oder ihre Anwesenheit sonstwie zu verraten. Auf dem Weg nach oben überlegte er, wie er mit den Mietern verfahren sollte, die ihm da plötzlich zugefallen waren. Es half nichts, er würde ihnen kündigen müssen. Auch diese Unannehmlichkeit verdankte er seinem angeblichen Bruder.

Otfried schloß die Etagentür auf, der Schlüssel steckte von außen. Der Eindruck, den er in den nächsten Augenblicken gewann, war der von eitel Chaos und Auflösung. Es sah aus, als hätte Vater Sachs schon Jahre vor seinem Tod begonnen, die unerwartet umfängliche Einrichtung der Wohnung gründlich durcheinanderzuwerfen. Alles war von Spinnweben und einer dicken Staubschicht bedeckt. Die meisten der abgenutzten Gegenstände waren Otfried fremd, die Eltern mußten sie erst nach seinem Auszug angeschafft haben. Es würde viel Zeit und Arbeit kosten, das Gerümpel hinauszuschaffen, bevor überhaupt mit einer Renovierung begonnen werden konnte.

Der letzte Raum, den Otfried betrat, war sein altes Zimmer. Der Gegensatz zu den anderen Räumen hätte krasser nicht sein können. Otfried prallte von dem Anblick fast zurück: Nicht das Mindeste schien seit seinem Auszug verändert worden zu sein! Otfried hatte damals so gut wie nichts mitnehmen können, weil er in der Stadt nur ein kleines möbliertes Zimmer bewohnt hatte. Später, als er in eine eigene Wohnung gezogen war, hatte er keine Neigung verspürt, sein Elternhaus wieder aufzusuchen, um etwas von seinen alten Sachen zu holen. Das Zimmer mußte die ganze Zeit über instandgehalten worden sein. Auf den Gegenständen lag nicht einmal Staub. Otfried war weit davon entfernt, sich einen so widersinnigen Sachverhalt erklären zu können; es mußte ihm genügen, daß er ab sofort in seinem alten Zimmer wohnen konnte. Erst nachdem er sich schon ein Weilchen mit nostalgischem Blick umgesehen hatte, fielen ihm drei Gegenstände auf, die eindeutig nicht hierhergehörten: In einer Ecke lehnten eine Eisenstange, eine Spitzhacke und eine Axt. Otfried würde sie zum Geräteschuppen tragen.

Im Gegenzug wollte er alles, was er brauchte, aus dem Gartenhaus holen und sodann Küche und Bad, die einen desolaten Anblick boten, wenigstens provisorisch benutzbar machen. Zum Glück fanden sich noch verwendungsfähige Putzmittel, so daß die schlimmsten hygienischen und ästhetischen Mängel behoben werden konnten. Es war fast drei Uhr früh, als Otfried den Eindruck hatte, mit dem Gröbsten fertig zu sein. Er schloß die Haustür ab, wusch sich notdürftig und ging schlafen. Sein altes Bett empfand er im Vergleich mit der durchgelegenen Liege im Gartenhaus als ausgesprochen komfortabel. Er betrachtete noch einige Augenblicke lang das so vertraute Ambiente, von dem er nie angenommen hätte, daß er es einmal so unverändert wiedersehen würde. Dann löschte er das Licht und war innerhalb weniger Minuten eingeschlafen.

Am nächsten Morgen erwachte er kurz vor acht Uhr vom Vogelgezwitscher. Er brauchte einen Moment, um sich in Raum und Zeit zurechtzufinden. Sekundenlang war es ihm möglich sich einzubilden, die letzten dreiundzwanzig Jahre mit all ihren dramatischen Veränderungen hätten nicht stattgefunden. Er erwartete geradezu, nebenan die Stimmen seiner Eltern zu hören.

Nach dem Frühstück, das er im Jugendzimmer einnahm, schrieb Otfried dem Vermieter seiner Stadtwohnung, daß er zum nächsten Ersten kündige. Er steckte den Brief in einen Umschlag und machte sich damit auf den Weg zum Postamt.

Vom Ehepaar Loboschenko war nichts zu sehen und zu hören, die Schlagläden waren geschlossen. Diese Menschen schienen immerzu im Dunkeln zu hausen. Richtig, ihnen mußte auch noch gekündigt werden. Mehr denn je fühlte Otfried sich als Hausbesitzer. In optimistischer Stimmung erreichte er das Postamt. Er warf den Brief ein und beschloß, zur Feier der Hausinbesitznahme eine Flasche Wein im Feinkostgeschäft zu kaufen. Otfried war eben bei dem Geschäft angekommen, da schwang die Ladentür auf, und heraus trat Elisabeth!

Otfried erschrak, nach dem zweifachen Streit am vergangenen Tag befürchtete er eine peinliche Szene. Erstaunlicherweise reagierte Elisabeth aber aufgeräumt und freundlich, als ob nichts gewesen wäre. Otfried wußte nicht, wie er sich verhalten sollte. Sollte er Elisabeths Scheinheiligkeit mit Hochmut bestrafen? Aber dazu war er viel zu erleichtert von der entspannten Stimmung. Schon hörte er sich dabei zu, wie er drauflosplapperte. Aufgeregt erzählte er, daß er nun endlich im Haus seiner Eltern wohnte und sogar Mieter hatte. Elisabeth machte große Augen.

»Du wohnst *im Haus*?« fragte sie.

Otfried verspürte in diesem Moment das dringende Bedürfnis, Elisabeth alles zu beweisen. »Du kannst dich jederzeit davon überzeugen.«

»Das werde ich auch tun«, erwiderte Elisabeth unvermindert freundlich, »heute abend noch! Erwarte mich um acht. Ich freu mich!«

Damit eilte sie zu ihrem in der Nähe geparkten Wagen. Einmal wandte sie sich noch um und winkte dem Jugendfreund zu.

Nachdem Otfried seinen Einkauf getätigt hatte, der angesichts des zu erwartenden Besuchs umfangreicher ausfiel als geplant, kehrte er nach Hause zurück. In der Parterrewohnung war alles still. Vermutlich waren Loboschenkos noch immer nicht zurückgekehrt. Oder schliefen sie? Otfried brachte die Lebensmittel in seine traurige Küche und begab sich unverzüglich in den Garten. Mit Hacke und Spaten machte er sich an den verwilderten Beeten zu schaffen. Dabei verging ihm die Zeit wie im Fluge. Es war schon Nachmittag, als er endlich dazu kam, etwas zu essen. Bei friedlichen Radioklängen plante er seine nächsten Schritte: Entrümpelung der Wohnung, Renovierung, Hertransport seiner Habe aus der Stadt … Es gab immens viel zu tun, allein der Gedanke daran war ermüdend. Otfried beschloß, sich in seinem Zimmer ein wenig hinzulegen. Wenn er am Abend frisch sein wollte, mußte er sich ausruhen. Er hatte sich kaum auf dem Bett ausgestreckt, da schlief er auch schon.

Keine Minute schien vergangen, als ein schrilles Geräusch Otfried wieder weckte. Draußen dämmerte es bereits. Es dauerte eine Weile, bis Otfried begriff, daß es sich bei dem schrillen Geräusch um das Klingeln eines Telephons handelte. Es mußte sich in der Wohnung befinden. Otfried sprang auf und ging dem Klingelgeräusch nach. Er fand den Apparat im verwüsteten Elternschlafzimmer unter dem Kopfende des Doppelbetts, nahm den Hörer ab und meldete sich.

»Ich bin's«, hörte er eine weibliche Stimme sagen. Es war Elisabeth. In aller Eile teilte sie ihm mit, sie werde später kommen, es müsse erst ganz dunkel sein. Dafür könne sie länger bleiben. Ohne auf eine Reaktion zu warten, verabschiedete sie sich und legte auf.

Otfried hielt den Hörer in der Hand und wunderte sich. Woher hatte Elisabeth gewußt, daß er telephonisch erreichbar war? Ja, wieso war er überhaupt telephonisch erreichbar? Der Anschluß mußte doch längst abgestellt worden sein. Und was war das für eine Heimlichtuerei? Damenbesuch bei Nacht? Worauf ließ er sich da ein? Am Ende lieferten sie dem jungen Denner tatsächlich noch einen Grund zur Eifersucht. Aber das war ja Unsinn! Die Zeit, da sie etwas miteinander gehabt hatten, war längst vorbei.

Beschämt mußte Otfried sich eingestehen, wie verschwommen seine Erinnerungen waren. Die ganze damalige Beziehung erschien ihm rückblickend ausgesprochen nebulos. Er wußte beim besten Willen nicht, ob er je mit Elisabeth sexuell intim geworden war. Irgendwann hatten sie sich nicht mehr getroffen, und er war überstürzt in die Stadt gezogen. Was hatte Elisabeth kürzlich in diesem Zusammenhang geäußert? Er sei weggeschickt worden, nachdem er seinen Bruder fast umgebracht hätte? Und auch ihr habe er etwas angetan, weshalb sie ihm aber nichts nachtrage …

Achtzehn oder neunzehn waren sie damals gewesen, und jetzt, da sie die Vierzig überschritten hatten, besuchte sie ihn heimlich am späten Abend! Voraussichtlich würden sie nur wieder Streit bekommen, weil Elisabeth in einer anderen Realität zu leben schien als er. Weshalb kam sie also? Sie riskierte damit obendrein Eheprobleme! Otfrieds Argwohn stieg auf wie Sodbrennen. Am Vormittag war er viel zu entgegenkommend gewesen, hatte sich von ihrer womöglich gespielten Freundlichkeit hinreißen lassen und sogar einen Großeinkauf getätigt. Und nun kam sie später!

Otfried entschied, mit dem Essen nicht zu warten. Er belud ein Tablett mit Wein, Brot und allerlei Delikatessen und trug es hinunter in den Garten. Vom Rundfunk wurde im Rahmen des sommerlichen Festspielprogramms ein Kammermusik-Abend übertragen. Dazu sangen die Amseln. Unter solch idyllischen Umständen, von keinerlei nachbarschaftlicher Feindeinwirkung gestört, aß und trank Otfried in aller Ruhe. Er hatte die erste Flasche Wein zu drei Vierteln geleert, als die Sonne unterging. Nun würde Elisabeth bald eintreffen. Otfried räumte geschwind auf, verschloß das Gartenhaus und begab sich mit dem Tablett wieder hinauf in seine Wohnung. Im Treppenhaus war eine leise Fernsehstimme zu hören. Die Mieter im Parterre waren demnach wieder heimgekehrt. Licht war indessen keins zu sehen. Seltsame Leute waren das!

In seiner Wohnung hatte Otfried kaum das restliche Essen weggeräumt und eine weitere Flasche Wein geöffnet, als es klingelte. Auf dem Weg zur Haustür wunderte er sich, weshalb er keine nostalgischen Schauer verspürte. Elisabeth hatte ihn doch früher auch daheim besucht – oder nicht? Er wußte es einfach nicht. Statt dessen wunderte er sich jetzt nur um so mehr, weshalb sie so anhänglich war. Was bezweckte sie mit ihrer großmütigen Hilfsbereitschaft, die ihr letztlich doch nur Verdruß zu bereiten schien? Wie paßte dieser späte Besuch dazu? Sie mußte ein bestimmtes Ziel verfolgen! Otfried faßte den Vorsatz, sich vor ihr in acht zu nehmen.

»Gott, wie lange bin ich nicht mehr hier gewesen«, sagte Elisabeth, nachdem Otfried sie mit unverhohlenem Stolz in seinem Haus willkommen geheißen hatte. Sie sah sich im Treppenhaus um: »Hier hat sich einiges verändert. Schöner ist es nicht geworden.«

»Das wird wieder«, meinte Otfried. »Nur eine Frage der Zeit.«

Über das Chaos in der oberen Wohnung zeigte Elisabeth sich entsetzt. »Hast du schon jemanden mit der Entrümpelung beauftragt?« fragte sie.

»Eins nach dem anderen«, antwortete Otfried. Er führte sie zu seinem alten Zimmer: »Jetzt wirst du staunen. Bitte, tritt ein.«

Sie staunte in der Tat. »Das reinste Museum!« rief sie aus. »Hier ist wirklich die Zeit stehengeblieben. Unglaublich! Aber wie kommt das? Warum ist dein Zimmer völlig erhalten und der Rest so übermäßig wüst?«

»Ich bin so ahnungslos wie du«, erwiderte Otfried. »Komm, stoßen wir auf das unverhoffte Wiedersehen mit der Vergangenheit an.«

»Also ist sie damals in meinem Zimmer gewesen«, dachte er. Er füllte zwei Gläser mit Wein und bot ihr einen Stuhl an.

»Was willst du nun mit dem Haus machen?« fragte sie nach dem ersten Schluck. »Wirst du den Leuten unten kündigen? Kannst du denn auf die Miete verzichten?«

»Wenn ich die Miete nur bekäme! Aber die streicht, wie ich höre, dieser ominöse Ulrich ein!«

Draußen war es inzwischen stockdunkel geworden, das Jugendzimmer wurde nur von einer einzelnen Kerze auf dem Tisch beleuchtet. Bei dieser spärlichen Beleuchtung wirkte Elisabeth ganz fremd, Otfried konnte sich nicht erinnern, sie jemals so gesehen zu haben. Gleichzeitig besaß er aber keine Vorstellung mehr von ihrem vorherigen Aussehen. ›Wer ist diese Frau eigentlich?‹ fragte er sich erschrocken. Er hatte keine Ahnung, was hier gespielt wurde und welche Rolle er dabei hatte. Sollte er sich auf die rätselhafte Frau stürzen oder sie vorsichtshalber hinauswerfen? Sie begann, von ihrer gemeinsamen Jugend zu sprechen. Dabei ließ sie ihre Blicke durch das halbdunkle Zimmer wandern.

»Hast du dein Photoalbum noch?« fragte sie. »Da würde ich zu gern mal wieder hineinsehen.«

Otfried überlegte. Sein Photoalbum? Ja, richtig, das mußte er seinerzeit hiergelassen haben.

»Früher war es im Regal«, antwortete er.

Elisabeth war schon aufgestanden und zielsicher zu dem Regal gegangen, das im dunkelsten Teil des Zimmers stand. Zwischen einigen Büchern zog sie tatsächlich ein altes, in braunes Leder gebundenes Album hervor. Als sie damit zum Tisch zurückkehrte, hatte sie es bereits aufgeschlagen. »Siehst du!« rief sie. »Da, dein Bruder!«

Jetzt ging also die Nummer wieder los. Der Besuch hatte wohl die längste Zeit gedauert. Dennoch sah Otfried sich an, was Elisabeth ihm so selbstsicher vorwies. Das Photo zeigte einen Knaben, den er noch nie gesehen hatte. Weder ein Schulfreund noch ein Spielkamerad oder ein Kind aus der Verwandtschaft war das. Otfried fand, dieses Photo gehörte nicht in sein Album. War es überhaupt sein Album?

»Keine Ahnung, wer das ist«, erwiderte er. »Den Burschen sehe ich zum ersten Mal.«

»Herrje, Otfried!« stieß Elisabeth ungehalten hervor. »Sei nicht albern. Wie kann einer nur so hartnäckig seinen eigenen Bruder verleugnen? Sieh her, hier seid ihr beide, und hier …«

In schneller Folge präsentierte sie ihm auf den folgenden Albumseiten eine Reihe von Kindheits- und Jugendphotos, die ihn zusammen mit dem Fremden zeigten. Beide Knaben trugen darauf Gesichter zur Schau, die von keinem guten Einvernehmen untereinander zeugten und zudem oft Blutergüsse und Schrammen sowie Pflaster aufwiesen.

»Unmöglich«, dachte Otfried, »das ist einfach unmöglich.«

»Da bin ich!« sagte Elisabeth. Sie tippte mit dem Zeigefinger auf ein Farbphoto aus der Schulzeit und sah Otfried erwartungsvoll an. Richtig, das war sie als junges Mädchen, er erinnerte sich. Auf einigen Abzügen posierte sie sogar gemeinsam mit ihm, ein paar davon kamen ihm bekannt vor. Er versuchte, sich die jeweiligen Anlässe ins Gedächtnis zu rufen, was aber kaum gelingen wollte. Die letzten Aufnahmen im Album stammten aus der Zeit, unmittelbar bevor er Legeberg verlassen hatte. Elisabeth war das vorherrschende Motiv, und bei ihrem Aussehen in jenem Alter schien das sehr verständlich. Aber hatte er sie so oft photographiert? Hatte er überhaupt je so viele Photos von ihr besessen?

Elisabeth nahm siegesbewußt einen Schluck aus ihrem Glas. Von den Bildeindrücken verwirrt, äußerte Otfried seine Zweifel nur sehr verhalten. Elisabeth sah ihn jetzt sehr ernst an: »Ich will ja nicht schon wieder von Psychotherapie anfangen ...«

»Das ist sehr freundlich von dir!«

»... aber wenn es sich in deinem Fall wirklich um Erinnerungslücken handelt ... Ich hatte gedacht, du würdest mir etwas vormachen. Aber ganz offensichtlich ...« Sie schüttelte den Kopf, als hielte sie ihn für einen hoffnungslosen Fall. »Um ärztliche Behandlung wirst du nicht herumkommen, Otfried. Je früher desto besser, glaub mir! Mit so etwas ist nicht zu spaßen, du kannst eine Gefahr für dich selbst und andere werden.«

Ärgerlich betrachtete Otfried das Album. Wenn diese fragwürdigen Photographien auch dafür zu sprechen schienen, daß er einen Bruder hatte, so gab es doch genausogut Indizien dagegen. »Wenn ich einen Bruder habe«, sagte er, »kannst du mir dann vielleicht verraten, warum es hier nur ein Jugendzimmer gibt? Ich habe ja wohl kaum dieses Zimmer mit ihm geteilt.«

»Nein, das hast du bestimmt nicht«, antwortete Elisabeth. »Er mußte vor dir beschützt werden. Daher hat er das Zimmer neben der Küche bewohnt.«

»Das war das Eßzimmer!« widersprach Otfried aufgebracht.

Sehr bestimmt sagte Elisabeth: »Ihr hattet kein Eßzimmer. Dort hat Ulrich gewohnt.«

»Ach ja! Natürlich!« rief Otfried sarkastisch. »Davon gibt es bestimmt auch Photos!«

»Warum nicht?« meinte Elisabeth und begann, in aller Ruhe im Album zu blättern. Wirklich fanden sich zwei solche Aufnahmen. Sie zeigten den als Bruder Bezeichneten in einem Raum, der, abgesehen von der Möblierung, exakt dem Eßzimmer entsprach. Otfried war sprachlos.

»Na bitte«, triumphierte Elisabeth. »Genau, wie ich sage.«

»Und wie kommt es dann, daß ich mich erinnere, dort mit meinen Eltern und ihren Gästen getafelt zu haben?«

»Du kennst meine Einstellung. Mehr kann ich dazu nicht sagen.«

»Herrgott nochmal!« rief Otfried und schlug auf den Tisch.

Elisabeth sprach in dem leidenden Ton, den er nicht ausstehen konnte: »Ich bin mit großen Erwartungen hergekommen und hatte mir mehr von diesem Abend versprochen. Aber eine wirkliche Kommunikation mit dir ist einfach nicht möglich. Ich gebe es auf.« Sie war aufgestanden. »Leb wohl, Otfried. Bemüh dich nicht, ich finde allein hinaus.«

Otfried blieb wortlos sitzen und ließ sie gehen. Unten fiel die Haustür ins Schloß, gleich darauf sprang der Motor von Elisabeths Wagen an. Das Geräusch entfernte sich rasch. Es war wieder still im Haus. Otfried trank, was noch in der Flasche war. Voller Abscheu warf er das Photolbum in die Ecke. Um sich zu beruhigen, schaltete er das Radio ein, das er von seinen Eltern zur Konfirmation bekommen hatte. Zu seinem großen Glück wurde Musik von J. S. Bach gesendet, eine Suite für Cello solo. Die Kerze auf dem Tisch war bald heruntergebrannt, nach ihrem Verlöschen grübelte Otfried im Finstern weiter.

Da er nicht gewohnt war, so viel zu trinken, verirrte sich sein Geist im Nebel und blieb zuletzt in einem zähen Sirup stecken. Trotzdem öffnete er die dritte Flasche. Seine Hand war nicht mehr die sicherste beim Einschenken, er mußte sich sehr zusammennehmen. In diesem Moment schrillte die Türklingel. Otfried zuckte vor Schreck zusammen, fast wäre ihm die Flasche aus der Hand geglitten. Kam Elisabeth wieder zurück? Wohl kaum, er hätte mit Sicherheit ihren Wagen gehört. Otfried ging, etwas wacklig auf den Beinen, hinunter und öffnete die Haustür. Drei Männer standen davor, zwei Polizisten in Uniform und ein grauhaariger, schmächtiger Mensch in Zivil. Während die beiden Polizisten mit dem Finger an ihre Mützen tippten, fragte der Grauhaarige:

»Sind Sie Herr Otfried Sachs?«

Otfried murmelte etwas Bestätigendes.

Der Mann hatte plötzlich ein Schreiben in der Hand und sagte:

»Gestatten, Schrikker, ich bin Notar. Ich habe hier eine richterliche Verfügung, nach der Sie bis vierundzwanzig Uhr heutigen Tages das vormalige Wohnhaus Ihrer Eltern, nunmehr im Besitz Ihres Bruders Ulrich Sachs, verlassen sowie mir sämtliche Schlüssel übergeben haben müssen. Die Herren von der Polizei sind beauftragt, das zu überwachen und sodann die genannte Wohnung zu versiegeln.«

Otfried starrte ihn an. Mühsam brachte er hervor: »Aber... was soll denn das? Einen Ulrich Sachs gibt es nicht. Das Haus und das Grundstück gehören mir.«

»Überzeugen Sie sich selbst«, erwiderte Schrikker, »hier ist der Erbvertrag, der Herrn Ulrich Sachs als Universalerben nennt.«

Schrikker reichte ihm einen entsprechenden Schriftsatz, den er der Innentasche seines Jacketts entnahm.

»Das ist ja von meinem Vater unterschrieben«, mußte Otfried feststellen. »Falls die Unterschrift echt ist.«

»Sie ist echt«, erwiderte der Notar beflissen. »Ihr Herr Vater hat sie in meinem Beisein geleistet.«

»Wo?«

»Im Bezirkskrankenhaus. Kurz bevor er gestorben ist.«

»Und Sie waren dabei?«

»Jawohl, Herr Sachs. Ich kann bezeugen, daß alles mit rechten Dingen zugegangen ist.«

»Mit rechten Dingen!« ereiferte sich Otfried. »Ich bin der Alleinerbe, das wissen Sie ganz genau!«

»Natürlich nicht«, korrigierte Schrikker ihn. »Ihr älterer Bruder ist es, im Rahmen der gesetzlichen Erbfolge. Aber selbst, wenn er es nicht wäre, kämen Sie nicht in Frage, denn Ihr Herr Vater hat Sie ausdrücklich enterbt. Darum bekommen Sie gar nichts.«

»Aus welchem Grund hätte mein Vater mich enterben sollen?«

Schrikker wurde verlegen: »Es ist mir ausgesprochen unangenehm, dieses Thema zu berühren...«

Einer der beiden Polizisten schaltete sich ein: »Weil Sie damals versucht haben, Ihre Familie auszulöschen. So einem vererbt man als Vater nicht auch noch sein Haus.«

Otfried geriet außer sich und wetterte: »Morgen früh fahre ich zu meinem Anwalt und fechte diesen Betrug an.«

Schrikker ließ sich nicht aus der Ruhe bringen: »Das ist unmöglich. Ich sagte Ihnen ja, daß alles seine Richtigkeit hat. Sie sollten tun, was in diesem Dokument von Ihnen verlangt wird, sonst bekommen Sie es noch mit der Polizei zu tun.«

Otfried rührte sich nicht.

»Wir empfehlen Ihnen, sich zu beeilen«, sagte der Polizist. Bis vierundzwanzig Uhr bleibt Ihnen noch eine Stunde. Sollten Sie sich weigern, müssen wir Sie in Gewahrsam nehmen und dem Haftrichter überstellen.«

Otfried biß sich auf die Unterlippe. Die Polizisten wirkten so echt und bedrohlich, daß er sich gezwungen sah, nachzugeben. »Darf ich denn wenigstens im Gartenhaus bleiben?« fragte er. Der Notar erwiderte, dagegen spreche augenblicklich nichts, eine endgültige Entscheidung könne aber nur der Besitzer, Herr Ulrich Sachs, treffen. Also holte Otfried widerwillig seine Habe aus Jugendzimmer und Küche und bezog wieder das Gartenhaus. Zuletzt, während die Polizisten die Wohnung versiegelten, überreichte er Notar Schrikker die Schlüssel. Dieser wünschte ihm einen schönen Abend und zog dann mit den Polizisten ab.

›Vorbei‹, dachte Otfried, ›jetzt ist es vorbei.‹ Wie betäubt schleppte er sich zum Gartenhaus. Das Kapitel Legeberg war endgültig abgeschlossen. Schluß mit dem verstandzerrüttenden Spuk! Ihm war gleichgültig, ob er einen Bruder hatte oder nicht. Mochten sich an dieser Brutstätte der Absurdität Gespenster und Wahnsinnige tummeln. Alles, was er wollte, war, in die Stadt zurückzukehren und sein altes Leben wieder aufzunehmen. Die Ereignisse der letzten Tage waren aus dem Gedächtnis zu löschen. Mit der Zeit würde alles wieder werden, wie es ehedem gewesen war. Niemand würde mehr versuchen, ihm Verrücktheiten einzureden. Ihm war, als wäre er aus einem Albtraum erwacht. Diese Nacht mußte er noch hier verbringen, am nächsten Morgen wollte er in die Stadt zurück. Er schloß die Tür der Hütte hinter sich, zog die Vorhänge vor und ging zu Bett.

Schnell versank Otfried in einen tiefen, traumlosen Schlaf. Als er wieder erwachte, war das erste, was er bemerkte, ein beißender Geruch von Rauch. Gleichzeitig fand er es in der Gartenhütte wärmer als zuvor. Mißtrauisch hob er den Kopf. Im Garten mußte ein stattliches Holzfeuer brennen, denn greller, flackernder Lichtschein fiel durch die Gardinen. Von dem Rauch tränten Otfrieds Augen, er bekam einen Hustenanfall. Verdächtig lautes Knistern und Prasseln war zu hören, es klang entschieden zu nah. Hitze und Qualm drohten Otfried zu ersticken. Weshalb waren die beiden Fenster geschlossen? Hatte er vergessen, sie zu öffnen? Hastig sprang er zu dem ihm nächstgelegenen, um es aufzureißen. Ausgerechnet jetzt mußte es klemmen! Er rüttelte am Griff, erreichte aber nichts. Auf dem Weg zum anderen Fenster begriff er. Was da brannte, war die Hütte! Es gab nur eins: Tür auf und hinaus! Otfried riß an der Klinke, doch die Tür rührte sich nicht, ebenso das Fenster. Zwei-, dreimal warf er sich dagegen, dann versuchte er es in wachsender Panik bei dem anderen Fenster. Das Ergebnis war das gleiche. Hatten sich die Rahmen wegen der Hitze so verzogen? Wie hatte die Hütte überhaupt Feuer fangen können? Was ging da draußen vor? Mit einem Ruck zog er die Vorhänge zur Seite. Die Szene, die er erblickte, ließ ihn erstarren. Von den Flammen angestrahlt, standen wenige Schritte entfernt mehrere Gestalten. Ihre schrecklichen Gesichter waren ihm voller Aufmerksamkeit zugewandt. Sie hatten sich eines Teils ihrer Kleidung entledigt, wahrscheinlich wegen der Hitze. In den Händen hielten sie bedrohliche Gegenstände, unter anderem die Axt, die Eisenstange und die Spitzhacke, die in seinem Jugendzimmer gestanden hatten. Es waren Notar Schrikker, die Polizisten, Denner jr., die Eheleute Loboschenko, die Verkäuferin aus dem Feinkostgeschäft und auch Elisabeth. Mit sorgenvollem Gesichtsausdruck löste sie sich aus der Gruppe und kam zu dem Fenster gelaufen, hinter dem Otfried stand. Sie rief ihm durch die Scheibe etwas zu, doch das anschwellende Brausen und Krachen des Feuers übertönte ihre Stimme. Bestimmte Worte schien sie mehrmals zu wiederholen, ohne daß Otfried etwas verstehen konnte. Dann zog sie sich zu den anderen zurück. Rauchentwicklung und Hitze in der Hütte wurden unerträglich, in der Küchenecke und beim Bett loderten schon helle Flammen.

Die natürliche Angst vor Feuer ist so groß, daß Lebewesen lieber in den Tod springen als verbrennen, daher sah Otfried sich gezwungen, eine Fensterscheibe einzuschlagen und in den Garten hinauszuklettern, wo sie schon auf ihn warteten. Einige Sekunden lang zögerte er. Stand da draußen jetzt nicht einer mehr als vorhin?

Tatsächlich: Es war ein Mann mit Blutergüssen und Schrammen im Gesicht. Otfried kannte ihn nicht, fand aber, daß er aussah wie die erwachsene Ausgabe des fremden Knaben auf den Photos. Der Mann sagte etwas zu Elisabeth, woraufhin sie ihm die Pistole ihres Mannes reichte.

Die Puppenprinzessin

Das charakteristische Klappern einer Ausziehleiter aus Leichtmetall und fremde Männerstimmen ließen mich an jenem Morgen in übler Vorahnung den Schreibtisch verlassen, um einen Blick aus dem Fenster zu werfen. Im Laufe meines Lebens hatte ich gelernt, gewisse Zeichen zu deuten, und so fürchtete ich nun das Schlimmste – zu Recht, wie ich feststellen mußte. Auf dem üppig bewachsenen Grundstück nebenan war das Laub in Bewegung, es raschelte und knackte, und drei ungeschlachte Kerle riefen sich, keine zehn Meter von mir entfernt, rohe Kommandos zu. Offenbar hatten sie den höchsten der ehrwürdigen alten Bäume ins Visier genommen, eine Birke, deren Krone den Dachfirst der nachbarlichen dreigeschossigen Villa überragte und meine Wohnung vor lästiger Sonneneinstrahlung von Süden her bewahrte. Wenig später setzte das hassenswerte Gebrüll der Motorsäge ein, das Werk der Zerstörung begann. Bis zu seiner Vollendung würden viele Stunden vergehen. Solange war der Aufenthalt in der Wohnung unmöglich.

In der Nähe gab es einen kleinen Park, dorthin lief ich, verzichtete in der Eile sogar darauf, Lektüre mitzunehmen. Ich wollte einfach unter alten Bäumen sitzen und mich von meinem Ärger erholen. Trotz des sommerlichen Wetters war der Park um diese frühe Tageszeit noch nicht übervölkert, so daß es durchaus möglich war, eine Bank für sich allein zu haben. Aber als ich so im Schatten saß, machte mir der erzwungene Müßiggang wenig Freude, wesentlich lieber hätte ich am Schreibtisch gesessen. Das Schikanöse meiner Situation empörte mich. Dafür, daß man mir daheim die Aussicht ruinierte, durfte ich nun auch einen ganzen Arbeitstag verloren geben.

Zwei Bänke weiter saß ein Mann, auch er allein. Eigentlich interessiere ich mich nicht für andere Leute, neige daher auch nicht dazu, sie zu beobachten. Dieser Mann fiel mir auch nur deshalb auf, weil er zehn Minuten nach meiner Ankunft im Park Gesellschaft bekam, um die ich ihn nicht beneidete. Drei kleine Mädchen hatten sich neben ihm niedergelassen, um mit ihren Puppen zu spielen und dabei geräuschvoll zu streiten. Ich an seiner Stelle wäre aufgestanden, und tatsächlich tat er eben dies, kaum daß ich es gedacht hatte. Mißmutig sah er sich nach einem anderen Sitzplatz um. Seine Wahl fiel auf meine Bank, und er kam herüber.

»Erlauben Sie, daß ich mich zu Ihnen setze?« fragte er höflich. Ich hatte selbstverständlich nichts dagegen, schien er doch ebenfalls jemand zu sein, der lediglich seine Ruhe haben wollte. Zwei von Lärm Vertriebene waren wir, und ich konnte nicht widerstehen, diese Gemeinsamkeit zu erwähnen. In knappen Worten umriß ich mein akutes häusliches Problem, wobei ich das Gefühl hatte, der Bedauernswertere von uns beiden zu sein. Um den anderen zu trösten, fügte ich hinzu: »Bei Ihnen ist es nur eine Parkbank, ich aber kann stundenlang nicht in meine Wohnung zurück. Und die Stimmen der Kinder, die hier mit ihren Puppen spielen, sind geradezu eine Wohltat im Vergleich mit der Motorsäge, die mich in die Flucht geschlagen hat.«

»Kinder und Puppen«, stieß der Mann mit gepreßter Stimme hervor, »mich haben schon einmal Kinder und Puppen vertrieben. Was sich hier soeben ereignet hat, ist nur eine symbolische Wiederholung. Kinder und Puppen haben mich um alles gebracht. Um alles.«

Etwas Derartiges hatte ich nicht erwartet. Was redete er da? Wie konnten Kinder und Puppen einen gestandenen Mann *um alles* bringen? Allerdings fand ich, daß dieser Mann den Eindruck machte, genau dies könne ihm geschehen sein. Er mochte wie ich Mitte Vierzig sein, doch seine Haltung und sein Blick waren die eines Greises. Meine Neugier war geweckt, und ich fragte ihn: »Würde es Ihnen etwas ausmachen, mir näher zu erklären, wie Sie das meinen?«

Voller Unbehagen sah der Mann zu den spielenden Mädchen hinüber, denen sich soeben ein paar gleichaltrige Jungen anschlossen, so daß das anhaltende Kreischen noch einmal eine Steigerung erfuhr. Dann wandte er sich mir zu und sagte: »Wir sollten unsere Unterhaltung an einem ruhigeren Ort fortsetzen. Es macht mich nervös, dieses Geplärr.«

»Sie sprechen mir aus der Seele«, bestätigte ich. »Wenige Schritte von hier ist eine Café-Bar. Kommen Sie, ich lade Sie ein.«

Dagegen hatte er nichts einzuwenden, und ein paar Minuten später saßen wir in der Bar an einem Tisch, jeder ein Gläschen Klaren vor sich. Ich wollte den Mann nicht drängen, und so tranken wir zunächst schweigend.

»Damit Sie ein richtiges Bild bekommen, muß ich etwas ausholen«, begann er endlich, nachdem ich ein zweites Glas für ihn bestellt hatte. »Es wird eine ziemlich lange Geschichte werden, hoffentlich stehle ich nicht Ihre Zeit.«

»Keine Angst«, versicherte ich, »Geschichten sind meine Passion.«

Von Profession sagte ich lieber nichts. Ich wollte ihn nicht verunsichern und daran hindern, freimütig von sich zu erzählen. Ich war gespannt, was mir geboten würde.

»Es ist jetzt vier Jahre her. Ich war kaufmännischer Angestellter bei einer Firma, die Puppen herstellt. Damals war der Betrieb gerade von einem japanischen Konzern übernommen worden, und es hatte eine Umstrukturierung stattgefunden. Ab sofort lag der Schwerpunkt nach japanischem Vorbild in der Produktion von Porträtpuppen, die ja eine Zeitlang ein großer Erfolg waren.«

»Porträtpuppen?« erkundigte ich mich.

Er wunderte sich: »Kennen Sie die nicht? Das sind Puppen mit naturgetreu nachgebildeten Gesichtern realer Personen. Die konnte man bei uns bestellen, indem man ein entsprechendes Porträtphoto an meine Abteilung schickte. Mit Hilfe eines speziellen Computerprogramms hat man die Kundenphotos dreidimensional umgesetzt und danach Formen hergestellt, die mit Kunststoff ausgegossen wurden. So erhielt man exakte Miniaturversionen der photographierten Köpfe. Meine Aufgabe bestand darin, die eingehenden Aufträge zu erfassen, an die Produktionsabteilung weiterzuleiten und zuletzt abzurechnen. Es ergab sich aber auch hin und wieder, daß ich den technischen Herstellungsprozess verfolgen konnte. Er war nicht sonderlich kompliziert, und mit der Zeit wußte ich so gut Bescheid, daß ich mir zutraute, auch allein so eine Puppe anzufertigen. Das tat ich dann eines Tages tatsächlich, und damit begann das Unheil ... Ich will Sie keinesfalls mit Details meines Ehelebens belästigen, es reicht, wenn Sie wissen, daß meine Frau und ich nicht glücklich miteinander waren. Kurzum: Als Rache für eine Reihe erlittener Demütigungen plante ich, meiner Gattin eine Puppe mit einem Gesicht zu schenken, dem ein äußerst unvorteilhaftes Photo von ihr zugrundelag. Die Kollegen in der Firma sollten aber nichts davon mitbekommen. Nach Feierabend, als niemand mehr in der Produktionsabteilung war, ging ich daher schnell hinüber und machte mich ans Werk. Es war wirklich sehr einfach, alles lief ja vollautomatisch ab. Bald hatte ich die Gußform und konnte den letzten Fertigungsschritt vornehmen, also die Puppe gießen. Ich war sehr gespannt auf das Ergebnis, als ich die Maschine programmierte. Doch es ging nicht nach Wunsch. Bis zum heutigen Tag kann ich mir nicht erklären, was die Ursache dafür war, ein Bedienungsfehler, ein Defekt der Maschine oder was auch immer, jedenfalls hörte der Gießvorgang nicht, wie eingegeben, nach einem Exemplar auf, sondern es kamen mehr und mehr Puppen heraus, unaufhörlich, Dutzende, Hunderte! Es war schrecklich! Der Prozeß ließ sich einfach nicht aufhalten. Ich drückte auf alle möglichen Knöpfe, doch es half nichts. Puppe um Puppe mit dem unvorteilhaften Gesichtsausdruck meiner Frau verließ die Gußform.«

»Warum haben Sie nicht den Stecker der Maschine gezogen?« fragte ich.

»Zuerst habe ich mich nicht getraut«, sagte der Mann. »Bei so empfindlichen elektronischen Apparaten darf man nicht einfach mitten im Betrieb die Stromzufuhr unterbrechen, das kann zu Defekten führen. Ich wollte die Anlage ja nicht beschädigen. Als ich dann aber sah, wie sich die fertigen Puppen häuften, habe ich in meiner Verzweiflung zuletzt doch den Netzstecker gezogen. Laut Zählwerk waren über tausend Stück produziert worden! Ich mußte mir schleunigst etwas ausdenken, wie ich sie beseitigen konnte. Bei einer solchen Menge war das alles andere als einfach. Vom Lager holte ich große Kartons, und als ich eben den ersten vollgepackt hatte, betrat ein Prokurist der Geschäftsleitung den Raum. Ich muß dazusagen, daß dieser Mensch ein ausgesprochen abscheuliches Individuum ist, ein gefürchteter Leuteschinder. Mich konnte er ohnehin nicht leiden, nun hatte er mich auf frischer Tat ertappt, wie ich die Firma schädigte. Er unterstellte natürlich, ich hätte vorsätzlich so viele Puppen hergestellt, um sie als Scherzartikel auf eigene Rechnung zu verkaufen. Wie sollte ich das Gegenteil beweisen? Er beschlagnahmte das Beweismaterial und schickte mich nach Hause. Am nächsten Tag mußte ich mich vor der Geschäftsleitung verantworten, die die Ansicht des Prokuristen teilte. Ich wurde fristlos entlassen und mußte den entstandenen Materialverlust ersetzen. Von einer strafrechtlichen Verfolgung sah man ab, da ich mir bisher nichts hatte zuschulden kommen lassen. Von heute auf morgen arbeitslos zu werden, in meinem Alter, noch dazu wegen einer so dummen Sache, war traumatisch. Wie sollte ich das meiner Frau beibringen? Sie erfuhr es, als die tausend Puppen, die nun mir gehörten, von einem Firmenwagen angeliefert wurden. Sie können sich nicht vorstellen, zu was für einem Auftritt das führte. Das Ergebnis meiner so kläglich fehlgeschlagenen Puppenaktion bewog meine

Frau, mich auf der Stelle zu verlassen. Die Kartons voller Puppen brachte ich fürs erste im Keller unseres Eigenheims unter. Ich verdrängte sie aus meinem Bewußtsein, wie ich auch an meine Ex-Frau nicht mehr erinnert werden wollte.«

Der Mann pausierte, um sich eine Zigarette anzuzünden. Daß er ein Problem mit Puppen hatte, wollte ich wohl gern glauben. Ich war gespannt, wie es mit den Kindern werden würde, welche Rolle sie in dem angekündigten Drama spielten.

»Ich hoffe, ich langweile Sie nicht«, sagte er, nachdem er tief inhaliert hatte. Ich beeilte mich, ihm zu versichern, daß er nichts weniger tue. Er blickte drein, als ob er Bedenken hätte, mir das Folgende zuzumuten, fuhr dann aber doch fort:

»Meine Ex-Frau ließ bald den Großteil der Einrichtung abtransportieren, ich richtete mich provisorisch in einem einzigen Zimmer ein. Da ich nun arbeitslos war und viel Zeit allein zu Hause verbrachte, erfuhr ich zwangsläufig viel über die Nachbarschaft. Früher war ich eigentlich nur zum Schlafen zu Hause gewesen. An Wochenenden und Feiertagen hatte meine Ex-Frau großen Wert auf diverse Aktivitäten gelegt, die uns an andere Orte führten. Blieben wir einmal daheim, hatten wir Gäste. Ich will damit sagen, daß ich während der letzten Jahre gar nicht wahrgenommen hatte, in welch drastischem Ausmaß die Nachbarschaft sich verändert hatte. Ich hatte in dem Haus meine Kindheit und Jugend verbracht, mit zwanzig war ich ausgezogen. Vor einigen Jahren hatte ich es von meinen Eltern geerbt, und als meine Ex-Frau und ich dann darin gewohnt hatten, waren wir viel zu beschäftigt gewesen, um darauf zu achten, was um uns herum vorging. Nun aber stellte ich fest, daß von dem ruhigen, gutbürgerlichen Publikum, das ich früher gekannt hatte, niemand mehr übrig war. In sämtlichen Häusern wohnten mir vollkommen fremde Leute, durchweg junge, kinderrreiche Familien. Was sie alle miteinander verband, war ein auffälliger Hang, ja eine radikale Entschlossenheit zum Unschönen. Ohne Zweifel bezogen sie ihre kulturellen Werte ausschließlich aus dem Privatfernsehen. Die Werbung war ihre Religion, der Besuch im Baumarkt ihr Gottesdienst. Die meiste Zeit verbrachten sie damit, ihre Häuser aus- oder umzubauen. Im Sommer entzündeten sie allabendlich offene Feuer in ihren Gärten und verbrannten Fleisch. Dazu wurde bis in die Morgenstunden gebrüllt, wobei der Nachwuchs kräftig assistierte.«

›Aha‹, dachte ich, ›jetzt kommen die Kinder ins Spiel.‹ Und so war es in der Tat.

»Mit den Kindern der Nachbarn hatte es eine eigene Bewandtnis. Auf mich machten sie, und erst recht nachdem ich sie aus der Nähe erlebt hatte, einen abstoßenden, geradezu erschreckenden Eindruck. Sie waren auffallend grob gebaut, hatten große, eckige Köpfe mit kleinen, gehässig glotzenden Augen und nußknackerartigen Mäulern. Ihr Verhalten war roh, ihre Schreie beim Spielen im Freien klangen hysterisch, geradezu tierisch. Zunehmend hatte ich den Eindruck, es seien eigentlich keine Kinder, sondern vielmehr Vertreter einer fremden Spezies, einer aus den Tiefen der Erde heraufgekrochenen Art, die ihre Chance wittert angesichts der Verkommenheit und Infantilisierung unserer Gesellschaft.«

Der Mann leerte ein weiteres Glas und setzte seine Erzählung fort:

»Ein einziges Haus in der ganzen Nachbarschaft war von den besagten Veränderungen verschont geblieben. Zwei Grundstücke weiter westlich stand es im rechten Winkel zu der Reihe, der auch mein Haus angehörte, und bildete das eine Ende der bebauten Fläche zwischen zwei Parallelstraßen. Allem Anschein nach war es seit längerem unbewohnt und begann allmählich zu verfallen. Obwohl ich Kontakte zu den Nachbarn vermied, bemerkte ich, daß sie das öde Haus nicht nur als Schandfleck, sondern sogar als bedrohlich empfanden. Bei verschiedenen Gelegenheiten schnappte ich Bruchstücke von Gerüchten auf, wonach ein uraltes, unheimliches Ehepaar darin vegetieren sollte, dem von völliger Vernachlässigung bis hin zum Kannibalismus alles mögliche angedichtet wurde, was schlichte Gemüter sich so vorstellen konnten. Der schieren Präsenz des Hauses wurde, ich weiß nicht warum, eine besonders für Kinder negative Wirkung nachgesagt. Sie können sich denken, was ich davon hielt. Vor allem, da mir das Haus und seine früheren Bewohner gut bekannt waren. In meiner Jugend, als Konfirmand, war ich in die jüngste Tochter der Familie verliebt gewesen und hatte sie oft vom Fenster aus beobachtet, wenn sie sich auf dem Balkon oder im Garten zeigte. Nachdem es zu einer Annäherung zwischen uns gekommen war, hatte ich mich ein- oder zweimal sogar in dem Haus aufgehalten, war auch im Zimmer des Mädchens gewesen. Nennenswerten Erfolg hatte ich aber nicht bei ihr. Ich erinnere mich nur noch daran, daß sie fand, ich hätte schrecklich kalte Hände. Bald darauf verlor ich sie aus den Augen. Das war vor über dreißig Jahren.«

Er zog wieder an der Zigarette und sann ein paar

Sekunden lang vor sich hin. Sein Gesichtsausdruck sah für einen Moment noch gequälter aus als sonst. Dann ging es weiter.

»Die Kinder, denen angeblich Gefahr von dem Haus drohte, reagierten darauf, indem sie in schöner Regelmäßigkeit, vornehmlich abends, Feuerwerkskörper zündeten und auf das verwaiste Grundstück warfen. Vermutlich glaubten sie, damit böse Geister bannen zu können. Eines frühen Abends im Sommer, als es wieder ausgiebig knallte wie zu Silvester, stand ich im Obergeschoß am Fenster und sah hinüber. Ich ärgerte mich darüber, daß niemand der Anwohner sich bemüßigt fühlte, gegen das Lärmen vorzugehen, und ich dachte, wie schön es doch wäre, wenn das Haus den Kindern tatsächlich etwas anhaben könnte. Während ich mich diesen Überlegungen widmete, geschah etwas völlig Unmögliches. Ich traute meinen Augen nicht, denn ich sah auf einmal das Mädchen. Ebenjenes Mädchen, von dem ich gesprochen habe, in das ich als Konfirmand verliebt gewesen bin! Es stand auf dem Balkon. Schlank, mit langem, blondem Haar, genau wie damals! Ungefähr dreißig Meter Luftlinie lagen zwischen uns. Ich überlegte, ob es sich vielleicht um ihre Tochter handeln mochte oder womöglich um eine Sinnestäuschung. Ich beschloß, mir einen Eindruck aus der Nähe zu verschaffen, und eilte hinaus.

Von der Querstraße aus, in der ihr Haus stand, war der Balkon gut sichtbar. Als ich um die Ecke bog, sah ich das Mädchen wahrhaftig oben stehen. Sie beugte sich über die Brüstung und unterhielt sich mit den Kindern, die ihre Kracher in den Vorgarten geschmissen hatten. Ich hörte, wie sie mit einer Stimme, die ich sofort wiedererkannte, zu ihnen sagte, sie brauchten doch keine Angst vor dem Haus zu haben. Aber die Kinder widersprachen ihr häßlich keifend. Sie waren überzeugt, daß etwas Böses in dem Haus sei, das ihnen schaden wolle. Wie sie darauf kämen, erkundigte sich das Mädchen spöttisch. Das habe Andi gesagt, hieß es, Andi müsse es wissen, denn Andi könne die Zukunft und andere Welten sehen. ›Wer ist denn Andi?‹ fragte das Mädchen auf dem Balkon, und die ziemlich kraus hervorgebrachte Antwort lautete, das sei ein Kind mit einem großen Kopf, das in einem Rollstuhl sitze und Anfälle habe. Es habe ihnen gesagt, daß es böse Puppen sähe, die aus diesem Haus kämen. Ich hörte das Mädchen lachend erwidern, das sei Blödsinn, so etwas gäbe es nicht, das sollten sie ihr ruhig glauben, denn sie verstehe etwas von Puppen, schließlich arbeite sie in der Puppenfabrik. Ich konnte nicht glauben, was ich hörte. Daß sie ausgerechnet *das* sagte! Mir war sogar, als hätte sie in meine Richtung gesprochen, weil ich soeben vorbeiging. Ich sah verschämt zu ihr auf, und ein flüchtiger Blick in ihr Gesicht bewies mir augenblicklich, daß sie diejenige war, für die ich sie hielt, und doch konnte dies unmöglich der Fall sein. Nichts deutete darauf hin, daß sie mich erkannte. Nun ja, nach gut drei Jahrzehnten hatte ich mich stark verändert. Aber weshalb hatte sie es nicht? Ich mußte mich beherrschen und weitergehen, als ob nichts wäre. Das Mädchen riet den Kindern, sie sollten sich von ihren Eltern Porträtpuppen schenken lassen, am besten mit den Gesichtern ihrer Eltern, das sei lustig! Galt das mir? War das eine Anspielung, um mich in den Wahnsinn zu treiben? Oder war sie doch jemand anders und arbeitete wirklich in der Puppenfabrik? Falls ja, konnte sie erst nach meinem Hinauswurf dort angefangen haben. Solche Puppen wollten sie nicht, sagten die Kinder. Dann fragten sie die Rätselhafte, ob sie in dem Haus wohne. Obwohl ich langsam ging, war ich doch schon zu weit entfernt, um die Antwort verstehen zu können. Verwirrt trottete ich weiter, umrundete ein paar in der Nähe stehende Glas- und Papiercontainer und machte mich auf den Rückweg. Als ich zwei, drei Minuten später wieder an dem Haus vorbeikam, waren die Kinder und das Mädchen verschwunden. Daheim stand ich stundenlang am Fenster und starrte hinüber, aber sie ließ sich nicht mehr blicken. Als es dunkel wurde, ging in dem Haus kein Licht an. Es war, als hätte ich einen Spuk am hellichten Tag erlebt.«

Eine unterhaltsame Geschichte, fand ich. Der Mann hatte entweder ein natürliches Talent zum Fabulieren und brauchte, da er nicht die Disziplin zum Schreiben aufbrachte, Zufallszuhörer, oder er glaubte selbst, was er erzählte, und litt an einer seelischen Störung. Den Ärger über die Baumfällaktion hatte ich längst vergessen. Ich bestellte uns noch etwas zu trinken.

»Tags darauf«, nahm der Mann den Faden wieder auf, »erwog ich ernsthaft, zur Feierabendzeit am Personalausgang der Puppenfabrik Stellung zu beziehen, um zu sehen, ob das Mädchen herauskam. Aber die Furcht, von meinen ehemaligen Vorgesetzten und Kollegen dabei überrascht zu werden, hielt mich davon ab. Stattdessen beobachtete ich weiterhin das Haus. Und tatsächlich hatte ich nach ein paar Tagen Glück, plötzlich entdeckte ich sie, wie sie müßig im Garten herumschlenderte. Wer war sie? War sie überhaupt real? Bildete ich mir das nicht alles nur ein? War ich dabei, verrückt zu werden? Mir war nicht bekannt, ob Verrücktwerden so verlief. Einen Augenblick lang hatte ich den Verdacht, meine Ex-Frau könne das Ganze inszenieren, doch das entbehrte jeglicher Grundlage. Sie wußte nichts von meinem Jugendschwarm. Nein, das Unbegreifliche verlangte nach einer anderen Erklärung. Jedes Wort der Unterhaltung zwischen dem Mädchen und den Kindern rief ich mir ins Gedächtnis. Es machte mir schwer zu schaffen, daß von Puppen die Rede gewesen war, von ›bösen Puppen‹ sogar. Dieses Reizwort! Siedend heiß fiel mir ein, was ich seit geraumer Zeit erfolgreich verdrängt hatte: Im Keller lagerten noch immer die rund tausend Puppen! Ich mußte sie endlich fortschaffen, also beschloß ich, Woche für Woche so viele wie möglich in die Mülltonne zu stopfen, bis nach einigen Monaten alle weg wären. Mit dieser Aktion gedachte ich sofort zu beginnen und lief in den Keller hinunter. In dem Raum, wo die Puppenkartons standen, war ich nicht mehr gewesen, seit ich sie hier hinuntergeschafft hatte. Jetzt betrat ich ihn nur mit starkem Widerwillen – und erlitt einen Schock. Was ich sah, schien mindestens so widernatürlich wie das Auftauchen des Mädchens aus meiner Konfirmandenzeit: Sämtliche Puppen waren fort. Auf dem Boden lagen stattdessen Kartonfetzen, Erdhaufen und Betonbrocken verstreut, und mitten darin klaffte ein Loch, durch das ein Mensch hindurchgepaßt hätte. Jemand hatte von irgendwoher einen unterirdischen Gang gegraben, war in meinem Keller durchgebrochen und hatte die Puppen gestohlen! Es war völlig abwegig, aber so mußte es gewesen sein. Und ich hatte nichts davon bemerkt, obwohl das Aufschlagen des Betons doch Lärm und Erschütterungen ausgelöst haben mußte.

Fieberhaft machte ich mich daran, Erde und Betonbruchstücke in die Öffnung zu schaufeln. Dann schob ich einen alten Kleiderschrank darüber. Bevor ich wieder hinaufging, überprüfte ich alle übrigen Kellerräume, ob sich dort etwa jemand versteckte. Aber da war niemand. Entschuldigen Sie mich bitte, ich bin gleich wieder da.«

Unvermittelt stand der Mann auf und begab sich zur Herrentoilette. Ich machte mir schnell einige Notizen. Die Geschichte nahm eine ungeahnte Wendung, und ich hatte den Plan gefaßt, den Stoff irgendwie zu verwenden. Nach ein paar Minuten nahm der Mann wieder Platz an unserem Tisch und fuhr fort.

»Nach dem Verschwinden der Puppen begannen die abscheulichen Nachbarskinder auf einmal, krachende Feuerwerkskörper in meinen Vorgarten zu werfen. Ich schimpfte laut mit ihnen und verbat mir die Belästigung. Ganz stumpfsinnig glotzten sie mich an und sagten, sie hätten Angst vor mir. Andi habe gesagt, das Haus und ich, wir stünden mit etwas Bösem in Verbindung. Ja, sagte ich wütend, dieses Böse würde ich sie gleich spüren lassen, wenn sie nicht augenblicklich machten, daß sie fortkämen. Vorsichtshalber drohte ich obendrein mit der Polizei. Mit eingezogenen Köpfen und leeren Gesichtern entfernten sie sich dann auf eine steife Art, wie auf Schienen. Kurz darauf hörte ich es weiter weg knallen, vor dem verlassenen Haus. Das Mädchen ließ sich aber nicht mehr sehen, ich hielt bestimmt eine Woche lang vergebens Ausschau nach ihr. Allmählich zweifelte ich daran, sie überhaupt gesehen zu haben. Das alles, in Verbindung mit Stellungslosigkeit und Trennung, strapazierte meine Nerven ungemein. Ich schlief immer schlechter, schon wegen der Angst, die mir der unterirdische Gang machte, durch den jederzeit alles mögliche in mein Haus eindringen konnte. Immer wieder nahm ich mir vor, Zement und Sand zu besorgen und das Loch richtig zu verschließen, aber ebenso oft verschob ich die lästige Aktion. Ich war wie gelähmt, hing bloß herum und zermarterte mir das Gehirn über die wahre Natur der unglaublichen Vorkommnisse. Wenn ich nachts nicht schlafen konnte, stellte ich mich im Obergeschoß ans Fenster, starrte zu dem dann besonders verlassen und verfallen wirkenden Haus hinüber und lauschte auf etwaige Geräusche aus meinem Keller. In einer solchen Nacht konnte ich plötzlich sehen, wie sich drüben in dem verwilderten Garten etwas bewegte. Kein Igel, keine Katze war das, sondern eine größere Anzahl kleiner, bleicher, aufrecht gehender Wesen, die im schwachen Mondlicht herumwimmelten. Zwar konnte ich auf die Entfernung nichts Genaues erkennen, aber ich hatte sonderbarerweise den Eindruck, bei den Wesen handelte es sich um meine Puppen. Ich wußte sehr wohl, wie närrisch dies war, gleichzeitig konnte ich mich nicht gegen den Gedanken wehren, sie könnten sich aus meinem Keller auf unterirdischem Wege dort hinüberbegeben haben! Die Vorstellung, daß tausend Puppen mit dem Gesicht meiner Ex-Frau bei Nacht im Freien herumliefen, ließ mich fast ohnmächtig werden. Nach nur wenigen Sekunden schob sich eine Wolke vor den Mond, und der Garten versank in Schwärze. Als die Wolke sich wieder verzogen hatte, waren keine kleinen Wesen mehr zu sehen.«

Der Mann war ins Schwitzen gekommen, obwohl es in der Bar angenehm kühl war. Anscheinend kostete es ihn Überwindung, mir etwas aufzutischen, über dessen Glaubwürdigkeit er sich keine Illusionen machte. Wurde ihm langsam ungemütlich bei einem so dick aufgetragenen Schauermärchen, das die Geduld des Zuhörers über Gebühr zu strapazieren drohte? Oder wußte er einfach nicht weiter? Ich wartete schweigend ab. Er trocknete sich mit einem Taschentuch Gesicht und Nacken, anschließend steckte er sich eine weitere Zigarette an, wobei seine Hände zitterten. Dann, nach ein paar tiefen Zügen, ging es weiter:

»Ich beschloß, der Sache ein für allemal auf den Grund zu gehen. Ich mußte in das Haus hinein. Zuerst versuchte ich es ganz offiziell. Bei Tage ging ich hin und klingelte an der Haustür. Der Name der alten Besitzer war vom Klingelschild entfernt und durch keinen neuen ersetzt worden. Die Klingel funktionierte nicht, jedenfalls konnte ich sie nicht hören, daher klopfte ich mehrmals laut und wartete. Es rührte sich nichts. Also ging ich wieder nach Hause. In derselben Nacht kam ich zurück, schlich mich vorsichtig auf die Gartenseite und suchte nach einer Einstiegsmöglichkeit. Die Hintertür war verschlossen, aber die Metallrahmen der niedrigen Kellerfenster waren so rostzerfressen, daß eins davon geräuschlos meinem Druck nachgab. Ich leuchtete kurz mit meiner Taschenlampe hinein. Der Raum schien, abgesehen von Staub und Spinnweben, leer zu sein, und ich quälte mich rückwärts durch die enge Öffnung. Im Keller glücklich angekommen, verharrte ich eine Weile still und lauschte. Außer dem heftigen Pochen meines Herzens konnte ich nichts hören. Vorsichtig begann ich, im Licht der Taschenlampe, mit meiner Erkundung. Drei Räume hatte ich bereits inspiziert und dabei nicht mehr vorgefunden als im ersten, als ich den vierten und letzten betrat. Gleich als ich es sah, wurde mir bewußt, daß ich im Grunde nichts anderes erwartet hatte: Im Boden war genau so ein Loch wie in meinem Keller. Also *waren* es meine Puppen gewesen, die ich in jener Nacht gesehen hatte? Jemand, der von ihrer Existenz wußte, mußte das Unsinnige bewerkstelligt und von hier aus einen Gang zu meinem Haus gegraben haben, um sie zu stehlen. Dieselbe Person hatte sie dann nachts im Garten aufgestellt. Daß sie sich bewegten, war mir wegen des unsteten Lichts so vorgekommen. Erstaunlich allerdings die Geschwindigkeit, mit der die Puppen in dem kurzen Moment der Finsternis eingesammelt worden waren ... Wie auch immer. Wenn ich das Rätsel lösen wollte, mußte ich wohl oder übel nach oben. Die Tür oberhalb der knarrenden Holztreppe fand ich unverschlossen, ebenso die zur Wohnung. Mir kamen unweigerlich die Reden der Nachbarskinder wieder in den Sinn. Zwanghaft mußte ich mir vorstellen, abscheuliche Wesen träten aus den Schatten, das kannibalische Greisenpaar etwa oder irgendein gefährlicher Soziopath, der hier seinen Unterschlupf hatte. Ich nahm meinen ganzen Mut zusammen und trat ein. Die Diele machte einen ähnlichen Eindruck wie der Keller. In diesem Haus hatte garantiert seit Jahren niemand mehr gewohnt. Und doch: Etwas paßte nicht zu diesem Eindruck, etwas, das im Widerspruch zu dieser totalen Verlassenheit stand. Es dauerte, bis mir klar wurde, was es war: Ein Geräusch! Ein leises Summen, wie es beim Betrieb elektrischer Aggregate entsteht! Mein erster Gedanke war Flucht. Aber dann lief ich doch nicht davon. Das Verlangen, das Geheimnis des Mädchens zu lüften, war größer als meine Angst. Entschlossen bewegte ich mich auf die Geräuschquelle zu, und in dem kahlen Raum, der einmal das Wohnzimmer gewesen war, fand ich sie. Eine altertümliche, immens große Kühltruhe stand an der Wand zwischen Tür und Fenster. Der Anblick des so deplaziert wirkenden Gegenstands versetzte mir einen Schlag! Die Angelegenheit war so widersinnig, daß ich in Wut geriet. Ich riß den Deckel der Truhe auf. Und was ich da sah, brachte mir fast einen Herzstillstand ein. Ein paar Sekunden lang stierte ich fassungslos die Leiche eines jungen, blonden Mädchens an – des jungen, blonden Mädchens, in das ich einmal verliebt gewesen war. Die glasigen Augen waren halb geöffnet, die dunkelvioletten Lippen infolge der Hautaustrocknung von den gebleckten Zähnen zurückgezogen. Es war gräßlich! Mir schossen die widersprüchlichsten Gedanken durch den Kopf: Hatte ich das mysteriöse Geschöpf in letzter Zeit deshalb nicht mehr zu Gesicht bekommen, weil es ermordet worden war? Von wem? Von den Kindern? Wieso wurde es dann in der Kühltruhe konserviert? Oder lag es etwa seit dreißig Jahren darin? Wie aber hatte es zwischendurch zum Leben erwachen können? Im Augenblick war es zweifellos so tot wie nur möglich. Mir fiel der Deckel aus der Hand; er schlug mit einem lauten, dumpfen Geräusch zu. Ich bestand nur noch aus Angst. Zu keinem klaren Gedanken fähig, fürchtete ich, nun auch noch in eine Mordsache hineinzugeraten. Unter diesem Eindruck begann ich hektisch, die Stellen am Deckel abzuwischen, die ich berührt hatte. Dann nahm ich Reißaus. Die Haustür war selbstverständlich verschlossen, und ich mußte den gleichen Weg nehmen, den ich gekommen war. Nach dem, was ich soeben erlebt hatte, wieder in den Keller hinab zu müssen, war eine arge Zumutung. Aber was blieb mir übrig? Unten angekommen rannte ich zu der offenen Luke und kletterte, so schnell ich konnte, ins Freie. Niemand hinderte mich daran. Mit rasendem Herz kehrte ich wenig später heim. Schlafen konnte ich in dieser Nacht nicht mehr. Auch am folgenden Tag mußte ich dauernd an das tote Mädchen in der Kühltruhe denken. Was sollte ich unternehmen? Anonym die Polizei verständigen? Ich wußte es nicht, und so tat ich nichts, ich saß nur herum, unfähig zu irgendeinem Entschluß. Gegen Abend hörte ich wieder entferntes Knallen, die Kinder warfen ihre Feuerwerkskörper in den Vorgarten des verhaßten Hauses. Obwohl ich nun wahrhaftig nicht mehr mit dem Anblick des Mädchens rechnen konnte, stellte ich mich ans Fenster und sah hinüber. Und da war sie! Auf dem Balkon, ganz wie zuvor, vermutlich unterhielt sie sich wieder mit den Kindern auf der Straße. Ich glaubte nun wirklich, den Verstand verloren zu haben. Noch eiliger als beim ersten Mal lief ich hinaus, um sie aus der Nähe zu betrachten. Als ich in die Querstraße einbog, verlangsamte ich meinen Schritt. Wieder lungerten unten die Bälger herum, während das Mädchen sich vom Balkon aus mit ihnen unterhielt. Und ich konnte zweifelsfrei erkennen, daß sie es war. Sie lebte! Die Kinder beschuldigten sie soeben, sie sei die ›böse Puppenprinzessin‹, das wüßten sie jetzt genau, denn Andi habe es gesagt. Abermals bekam ich den Eindruck, die Puppen würden meinetwegen thematisiert, und das um so mehr, als es weiter hieß, Andi habe auch gesagt, die Puppen der bösen Prinzessin grüben unterirdische Gänge zu allen Häusern und kämen nachts heraus, um den Kindern Schaden zuzufügen. Das Mädchen lachte die Kinder aus, die sich sehr darüber ärgerten. Mir schien es das Klügste, wieder so zu tun, als höre ich nichts, und stur weiterzugehen. Ich wehrte mich dagegen, den Gedanken zu akzeptieren, sie alle verfolgten mit großem Aufwand das gemeinsame Ziel, mich fertigzumachen. Wie bei der früheren Gelegenheit war auf meinem Rückweg nichts mehr von ihnen zu sehen. Was wurde da gespielt? War sie nun tot, oder lebte sie? Es nagte furchtbar an mir, ich brauchte Gewißheit – und das einzige, das mir einfiel, war, in der nächsten Nacht wieder in den Keller des unheimlichen Hauses einzusteigen. Und das tat ich dann. Alles war wie zuvor, die Luke noch offen, und im Parterre stand die Kühltruhe und summte. Ich gab mir einen Ruck und hob den Deckel an – da lag sie, exakt wie vor vierundzwanzig Stunden, eindeutig tot. War sie ein zombieartiges Wesen, das am Tag umging und nachts in seinem Sarg lag? Oder gab es zwei gleich aussehende Mädchen, eins, das lebte, und eins, das nicht lebte? Rein theoretisch konnte die Leiche ebensogut künstlich sein, aber wie sollte ich das überprüfen? Mir graute vor einer Berührung. Ratlos schloß ich die Truhe wieder. Mir kam die Idee, die Lösung des Rätsels könne im Obergeschoß zu finden sein, eventuell verbarg sich da sogar das lebendige blonde Mädchen? Oder eine andere Kreatur? Ich mußte es jetzt einfach wissen. Mit angehaltenem Atem stieg ich die enge Treppe hinauf; mein Herz schlug so stark, daß es schmerzte. Oben bot sich mir aber nur der Anblick der Leere, der im ganzen Haus herrschte, wenn man einmal von der unsinnigen Kühltruhe absah. Hier waren seinerzeit das Elternschlafzimmer sowie das des Mädchens gewesen. Sie waren völlig leer, nichts und niemand verbarg sich darin. Ich wollte schon den Rückzug antreten, als mir im früheren Zimmer des Mädchens doch noch etwas auffiel. Auf den Fußboden hatte jemand etwas mit Kreide gezeichnet: Im Schein meiner Taschenlampe erkannte ich die Umrisse einer flach auf dem Rücken liegenden Person. Größe und Proportionen ließen es nicht unwahrscheinlich scheinen, daß es sich um die Umrisse des Mädchens ... der ›Puppenprinzessin‹ handelte ... Nach einer von der Polizei an einem Tatort angefertigten Zeichnung sah es übrigens nicht aus. Eher nach etwas Rituellem ...«

Der Mann verstummte, starrte geistesabwesend auf sein Glas. Es war leer, und ich machte keine Anstalten, ihm Nachschub zu bestellen. Ich hatte Bedenken, er könne allmählich zu betrunken sein, um die Geschichte zu Ende zu erzählen. Oder hatte er sich vielleicht bloß vergalloppiert und fand nun keinen passablen Schluß? Was er wohl er mit »Rituellem« gemeint hatte? Das wollte ich doch gern wissen und war drauf und dran, ihn danach zu fragen, da fuhr er in seiner Erzählung fort:

»Ich war dem Geheimnis keinen Schritt nähergekommen. Ratlos schlich ich zurück in den Keller, kroch durch die Luke und hastete nach Hause. Völlig erschöpft legte ich mich ins Bett. Was, überlegte ich, sollte ich tun, wenn das Mädchen am nächsten Tag wieder auf dem Balkon stünde oder im Garten umherspazierte? Darüber muß ich eingeschlafen sein, denn einige Zeit später erwachte ich durch ungewohnte Geräusche, die von draußen kamen. Auf meinem Wecker war es kurz vor fünf. Ich hörte eine Sirene, laufende Motoren, lautes Rufen. Der Lärm hatte einen notfallartigen Charakter, ganz in der Nähe geschah etwas Dramatisches. Beunruhigt verließ ich das Bett und eilte, weil vom Parterre aus nichts zu sehen war, die Treppe zum Obergeschoß hinauf. Sofort empfing mich flackernder Feuerschein, der von draußen hereinfiel. Als ich das Fenster erreicht hatte, aus dem ich gewohnheitsgemäß nach dem Mädchen Ausschau zu halten pflegte, konnte ich sehen, was los war. Das verlassene Haus, in dem ich mich vor wenigen Stunden noch aufgehalten hatte, brannte lichterloh. Das Dach war schon eingestürzt, aus den oberen Fenstern schlugen Flammen. Im Parterre schien es nicht zu brennen. Wie es aussah, hatte die Feuerwehr den Brand unter Kontrolle, das Haus würde nicht völlig niederbrennen ... Für mich stand fest, daß die Kinder es angezündet hatten, bestimmt hatte Andi sie dazu aufgerufen. Kaum hatte ich das gedacht, als mir etwas Beklemmendes in den Sinn kam: Hoffentlich hatte mich niemand gesehen, als ich drüben war, sonst würde mir glatt noch Brandstiftung angelastet werden! Abzustreiten, daß ich mich in dem verlassenen Haus aufgehalten hatte, würde mir nichts nützen, denn ich ... ich hatte ja keinerlei Alibi, nicht wahr? Und was ich als Erklärung für diesen Aufenthalt vorbringen konnte, war nicht geeignet mich zu entlasten, das ... das war eher ein Grund für meine Einweisung in die Psychiatrie. Da fiel mir ein, es gab ja doch einen Beweis für meine Geschichte: den Leichnam in der Kühltruhe, den würde das Feuer doch nicht restlos zerstören! Verstehen Sie? Ja ... aber im selben Moment mußte ich erkennen, wie wenig mir damit geholfen wäre. Na klar, man würde mir obendrein noch einen ... Mord anhängen. Es durfte mich einfach niemand gesehen haben! Nie-mand!«

E. E.

Bei den letzten Sätzen war es offenkundig geworden: Dem Erzähler war der Alkohol zu Kopf gestiegen. Seine Augen waren gerötet, und er begann, förmlich in sich zusammenzusinken. Ich fürchtete nun wirklich, er werde nicht in der Lage sein, einen befriedigenden Schluß zu liefern.

»Wissen Sie, was ich getan habe?« fragte er mich mit schwerer Zunge, um Haltung bemüht. »Ich habe mich angezogen, jawohl, und bin hingegangen. Hab mich unter die Schaulustigen gemischt, ganz unverdächtig. Die Feuerwehr war soeben fertig mit Löschen, das muß ziemlich schnell gegangen sein. Na ja, was sollte auch viel brennen in einem leeren Haus? Der Dachstuhl war doch schon total verkohlt. Es hat furchtbar nach Rauch gestunken. Ich hab gehört, wie Nachbarn mit Polizeibeamten und Feuerwehrleuten geredet haben, wegen der Brandursache. Von den Kindern und ihren Feuerwerkskörpern hat niemand was gesagt, ich sagte lieber auch nichts ... Jemand meinte doch tatsächlich, es müsse wer drin gewesen sein, denn er habe in der Nacht Licht in dem Haus gesehen! Ein Mann von der Kripo sagte zu einem anderen, auf der Gartenseite sei ein Kellerfenster geöffnet worden, man müsse wohl von Brandstiftung ausgehen ... Mir wurde mehr als mulmig! Ich dachte nach, ob ich irgendwelche Spuren hinterlassen hatte, das machte mich furchtbar konfus. Und dann ... und dann haben sie die Kühltruhe rausgetragen und in den Vorgarten gestellt, wegen der Einsturzgefahr, die Decke zum Obergeschoß konnte jeden Augenblick runterkommen ... Ich hab gesehen, wie sie den Deckel aufgeklappt haben, mir ist fast das Herz stehengeblieben! Und nun stellen Sie sich vor: Die Truhe war leer! Vollkommen leer! Ich hab's da nicht mehr ausgehalten und bin wieder heimgegangen. Ja … aber dann, wie ich mich meinem Haus nähere, da … da seh ich, wie … wie was am Fenster steht und rausschaut, was Helles, ganz wie … O Gott … Jedenfalls bin ich an meinem Haus vorbeigegangen und hab es nie wieder betreten, es war nicht mehr meins … Den Schlüssel hab ich weggeworfen.«

Nach diesen letzten, nur noch gemurmelten Worten schlief der Mann einfach ein. Ich machte mir Vorwürfe, ihm fahrlässig zu viele Schnäpse spendiert zu haben, und fragte mich, was ich nun mit ihm anfangen sollte. Nachdem ich ihn literarisch ausgebeutet hatte, fühlte ich mich für ihn verantwortlich. Am besten bestellte ich ihm ein Taxi, das ihn heimbrachte. Falls er jedoch wirklich, wie er gesagt hatte, alles verloren hatte, gab es vielleicht überhaupt keine Adresse, zu der man ihn bringen konnte! Vielleicht sollte ich ihn auf eine Parkbank schaffen, wo er seinen Rausch ausschlafen konnte? Ich würde ihn auch dabei bewachen, Zeit hatte ich ja.

Meinen Überlegungen wurde ein jähes Ende bereitet. In der offenen Tür der Bar erschien eine zarte Gestalt, bei deren Anblick ich die Augen weit aufriß und einen höchstwahrscheinlich nicht besonders intelligenten Gesichtsausdruck annahm. Es handelte sich um ein blasses Mädchen von vielleicht dreizehn, vierzehn Jahren, mit langem blondem Haar! Sie spähte herein, als ob sie jemanden suchte. Dieser Eindruck bestätigte sich, denn gleich darauf schien sie den Gesuchten entdeckt zu haben. Zielstrebig kam sie zu unserem Tisch. Mich bedachte sie nur mit einem abschätzigen Blick, dann begann sie, den dösenden Mann wachzurütteln. Sie gab ihm Kommandos wie: »Los, mach schon«, und: »Komm mit nach Hause.« Der Trunkene öffnete die Augen, und indem er das Mädchen erkannte, brachte er lallend hervor: »Ah, meine Prinzessin.« Verblüfft beobachtete ich, wie sie sich abmühte, ihn vom Stuhl hochzubekommen. Schließlich gelang es ihr. Auf sie gestützt, hing er an ihrer Seite wie ein nasser Sack.

Langsam verließen sie das Lokal. Ich sah ihnen nach, bis sie mein Blickfeld verließen. Nachdem ich noch einen Klaren getrunken hatte, zahlte ich und ging mit unsicheren Schritten wieder in den Park hinaus. Von den Kindern war nichts mehr zu hören und zu sehen.

Kindheitsphotos

Ohne jede erkennbare Ursache bekam Georg Hellbrand zwischen zwei Atemzügen an einem regnerischen Nachmittag überwältigendes Heimweh nach der Welt seiner Kindheit, die ihm plötzlich in einem über alle Maßen idealisierenden Licht erschien. Eine derartige Empfindung hatte er bei sich selbst nie für möglich gehalten. Wie sich herausstellte, handelte es sich um keine vorübergehende Erscheinung; fortan beherrschte die unerklärliche Sehnsucht sein Leben. Üblicherweise wäre es für einen Menschen in solcher Verfassung das Naheliegendste gewesen, alle verfügbaren Relikte und Reliquien der verlorenen Welt vor sich aufzubauen wie einen Altar, doch dummerweise besaß Georg Hellbrand nichts, womit er sein Verlangen hätte stillen können. Auf Photographien oder sonstiges Erinnerungsmaterial hatte er nie Wert gelegt, sondern war im Gegenteil ausdrücklich darauf bedacht gewesen, durch nichts an die im Rückblick immer als bedrückend empfundene Frühzeit seines Lebens erinnert zu werden. Nicht ein einziges Kindheitsphoto besaß er daher. Als Alleinerbe hatte er vor noch nicht allzu langer Zeit die komplette Hinterlassenschaft der Eltern ungesichtet entsorgen lassen. Das bereute er nun zutiefst. Jeder hatte Familienphotos, nur er nicht! Sogar Vertriebene, die vor Krieg und politischer Willkür flohen, konnten oftmals Photos und andere Familiendokumente retten. Hellbrand wurde bewußt, wie heimatlos und entwurzelt er durch eigene Schuld war.

So schwer es ihm fiel, Hellbrand mußte andere um Hilfe bitten; also überlegte er, wer sonst Photos aus der Vergangenheit seiner Familie haben konnte. Ein paar noch lebende Verwandte und Bekannte der Eltern machte er ausfindig und nahm die Demütigung auf sich, sie anzurufen und sein unverhofftes Anliegen vorzutragen. Dabei bemühte er sich, die wahren Tatsachen sorgsam zu kaschieren, und machte eine unsachgemäß durchgeführte Haushaltsauflösung sowie »Umzugswirren« für die Verluste verantwortlich. Als Erklärung für sein jäh erwachtes Interesse an Familienhistorie brachte er gewisse altersbedingte Gefühlsregungen ins Spiel und hoffte, damit einen vorteilhaften Eindruck auf die älteren Herrschaften zu machen. Diese ließen ihn durchaus spüren, daß sie seine frühere Haltung mißbilligten, honorierten seine Bekehrung aber mit Süffisanz und luden ihn zu sich ein, um gemeinsam mit ihm überquellende Kartons und Briefumschläge und Alben zu durchstöbern.

Auf diese Weise erbettelte Hellbrand sich etliche wertvolle Stücke: Georg Hellbrand als Kleinkind, mal mit, mal ohne seine Eltern, Weihnachtsphotos von der ganzen Familie, Urlaubsbilder, diverse Aufnahmen von Festen und Feiern, darunter ein Kindergeburtstag, sein erster Schultag, seine Konfirmation (Photos aus späteren Jahren interessierten ihn nicht). Damit war sein Appetit jedoch keineswegs gestillt. Als nächstes verlangte es Hellbrand nach Aufnahmen von den Orten seiner Kindheit, von den Straßen und Häusern, die seine Welt gewesen waren und die schon so lange nicht mehr existierten. Es mußte Photos von seinem Heimat-Stadtteil geben, die diesen vor der Zerstörung zeigten, und die wollte

Georg Hellbrand haben. Ermutigt durch die Erfolge, die er bei der Beschaffung von Familienbildern gehabt hatte, wollte er sich nun an die Öffentlichkeit wenden.

Also gab Georg Hellbrand in der Lokalzeitung eine Suchanzeige auf. Am Erscheinungstag der Anzeige erhielt er gegen Abend lediglich den Anruf eines Mannes, der ihn in hörbar angetrunkenem Zustand fragte, wozu er denn solche Photos suche. Schon bald stellte sich heraus, daß der Mann gar nichts anzubieten hatte. Zuletzt ging er Hellbrand sogar um Geld an – »wegen der alten Zeiten«. Hellbrand legte wütend auf. Er überlegte, an wen er sich außerdem wenden konnte. Gab es nicht historische Vereine und ein Stadtarchiv? Doch wo er auch anfragte, bekam er unbefriedigende Auskünfte. Hellbrand konnte sich lediglich beim Katasteramt für einen ziemlich hohen Betrag eine Kopie des ursprünglichen Bebauungsplans seiner verlorenen Heimat besorgen. In seiner Not beschloß er, die Zeitungsannonce für die kommende Woche noch einmal aufzugeben.

Am folgenden Samstag erschien die Suchanzeige zum zweitenmal. Das ganze Wochenende über rief kein Mensch an. Hellbrand verbrachte die Zeit mit nichts als Warten. Freunde hatte er seit seiner Scheidung keine mehr, und nach dem gesundheitlichen Zusammenbruch, der letztlich zu seiner Frühpensionierung geführt hatte, war ihm der Wunsch nach menschlicher Gesellschaft komplett vergangen. In seinem unaufgeräumten Appartement gab er sich seinen neuerwachten nostalgischen Phantasien wie einem Drogenrausch hin, wieder und wieder betrachtete er seine Kindheitsphotos und gierte danach, endlich das zu bekommen, was er bisher ohne Erfolg suchte.

Nachdem auch der Montag vergangen war, ohne daß sich jemand gemeldet hatte, wollte Hellbrand soeben die Anzeige erneut aufgeben, als das Telephon klingelte. Er schrie auf, schnappte nach dem Hörer und meldete sich. Eine schrille Stimme, zweifellos die einer älteren Frau, kreischte ihm ins Ohr: »Hiaaa-ha-ha-haaah, hier ist Frau Bux! Ich habe die Photos, die Sie suchen!«

Wenn diese Stimme auch irre klang, geriet sein Herz beim Hören der Botschaft doch vorübergehend aus dem Takt. Er versuchte, sich seine Aufregung nicht anmerken zu lassen, angesichts der Exaltiertheit der Anruferin brauchte er sich um den Eindruck, den er womöglich erweckte, allerdings keine großen Gedanken zu machen. Kaum kam er zu Wort, und wenn, dann schnitt Frau Bux es ihm gleich wieder ab. Unverkennbar befand sie sich an der Schwelle zur altersbedingten Demenz, zudem hatte ihre Art zu reden etwas Unverschämtes. Es war bestimmt leicht, mit ihr Streit zu bekommen, und Hellbrand konnte sich vorstellen, wie eklig sie dann werden würde. Daher bemühte er sich, sie bei Laune zu halten, und war überfreundlich. Es lohnte sich. Sie machte ihm den Mund wässrig. Jede seiner Fragen nach bestimmten Bildmotiven beantwortete sie mit der größten Selbstverständlichkeit positiv, immerzu laut lachend. »Kommen Sie doch einfach vorbei und sehen sich alles an«, lud sie ihn ein.

Wenn zutraf, was Frau Bux behauptete, hatte sie wirklich die Photos, die Georg Hellbrand suchte. Noch am selben Nachmittag suchte er sie zu Hause auf. Frau Bux bewohnte ein winziges Reihenhäuschen in einem unweit von Hellbrands alter Heimat gelegenen Stadtteil. Eine große, rüstig wirkende Mittsiebzigerin öffnete die

Tür. Mit dem gleichen »Hiaaa-ha-ha-haaah« wie am Telephon wurde Hellbrand von ihr begrüßt und in eine deprimierende kleine Küche geführt. Unmittelbar vor dem knapp bemessenen Fenster mit Ausblick auf finstere Tannen stand ein Tischchen, hinter das sich der Besucher zwängen mußte. Das Tischchen war leer, nirgends ein Album, Karton oder Briefumschlag mit Photos. Laut kreischend und lachend redete Frau Bux auf Hellbrand ein, der sich sagte, daß sogar eine Frau mit solchem Gebaren und einer solchen Küche theoretisch durchaus eine bedeutende Sammlung von historischen Photographien besitzen konnte. Sie mußte nicht unbedingt eine verrückte Aufschneiderin sein, die ihn im nächsten Moment, hinter dem Tisch eingeklemmt, wie er war, mit einem Messer bedrohte. Ihren Ausführungen entnahm Hellbrand soviel, daß sie die architektonische Entwicklung der Jahrzehnte nach dem Zweiten Weltkrieg aufs Schärfste mißbilligte, und da konnte er ihr ohne Schwierigkeiten in manchem beipflichten. Endlich kündigte Frau Bux an, sie wolle jetzt die Bilder holen. Für einen kurzen Augenblick entschwand sie, um mit zwei alten Alben zurückzukehren. Hellbrands Körpertemperatur stieg, seine Hände wurden feucht.

»Als ich damals erfahren habe, daß das ganze Wohngebiet, das den Zweiten Weltkrieg fast unbeschädigt überstanden hatte, später einmal wegen der Straßenverbreiterung abgerissen werden sollte, habe ich beschlossen, alles genauestens für die Nachwelt zu dokumentieren«, sagte Frau Bux, und in ihrer Stimme mischten sich Empörung und Selbstgefälligkeit. »Ich habe nämlich selbst einen großen Teil meines Lebens da verbracht, wo Sie aufgewachsen sind.« Sie nannte den Namen einer

Straße, die Hellbrand wohlbekannt war. Dann setzte sie sich ihm gegenüber an den Tisch und schlug das erste Album auf. Hellbrands Augen weiteten sich, und sogar im Sitzen wurden seine Knie weich. Es war eine reichliche Dosis, die ihm da verabreicht wurde, und was er bekam, war exakt, was er brauchte. Lückenlos hatte Frau Bux das zum Untergang verurteilte Viertel dokumentiert. Zur Zeit der Aufnahmen war Georg Hellbrand neun Jahre alt gewesen, und ihm kam in den Sinn, daß er Frau Bux vom Sehen gekannt haben mußte, wenn sie ebenfalls in der Gegend gewohnt hatte.

»Ist es nicht seltsam? Womöglich sind wir einander damals begegnet«, merkte er nachdenklich an, und sie stieß wieder ihr »Hiaaa-ha-ha-haaah« aus, ohne mehr dazu zu sagen. Hellbrand mochte das Thema auch nicht vertiefen, die Bilder nahmen ihn vollkommen gefangen. Frau Bux hatte mit ihrer Dokumentation am östlichen Rand des Stadtteils begonnen und war der damals noch zweispurigen Hauptstraße nach Westen gefolgt. Offenbar hatte sie alle zehn Meter die Straßenseite gewechselt und mehrere Aufnahmen gemacht, von den Gebäuden auf der jeweils anderen Seite und in beide Richtungen der Straße. Anhand der Photographien hätte das Viertel mühelos in allen Einzelheiten rekonstruiert werden können. Alles, was er hier sah, war Hellbrand bestens vertraut. Langsam Seite um Seite weiterblätternd, sog er den Inhalt beider Alben in sich auf. Jedesmal, wenn er seine Begeisterung äußerte, stieß Frau Bux ihr furchtbares Lachen aus und nickte wild mit dem Kopf.

Als Hellbrand nach einer Stunde den kompletten Bestand mit den Augen verschlungen hatte, drehte es sich ihm im Kopf, er begann zu frieren. Ihm war, als stünde er am Rande eines Kreislaufkollaps. Auf keinen Fall aber wollte er in dieser Küche zusammenbrechen.

»Könnte ich bitte ein Glas Wasser haben?« brachte er mühsam vor. Frau Bux tat ihm den Gefallen.

»Ja, Bilder ansehen macht durstig«, lachte sie.

Eine Sekunde lang wäre Hellbrand am liebsten vor den Photos und der schrecklichen alten Frau geflohen. Doch das Wasser erfrischte ihn, er fühlte sich bald wieder besser. Vor ihm lagen die geschlossenen Alben. Natürlich mußte er diese Photos haben. Frau Bux schien in seinen Gedanken zu lesen.

»Ich kann Ihnen Kopien machen lassen«, sagte sie. »Ich weiß ein Photogeschäft, da werden solche Arbeiten gut und preisgünstig erledigt. Sagen Sie mir nur, welche Motive Sie möchten.«

»Alle.«

Wieder lachte sie kreischend. Sie versprach Hellbrand, so schnell wie möglich dafür zu sorgen, daß er das Gewünschte bekam. Die Kosten könne er ihr erstatten, wenn er die Bilder abhole. Benommen dankte Hellbrand für alles und verabschiedete sich.

Wenige Stunden später lag er in seinem Appartement auf dem Sofa und war außer sich vor Verlangen nach den Photos, auf die er nun quälend lange warten mußte. Nach Ablauf einer Woche läutete endlich das Telephon, und als Hellbrand sich meldete, schrie es aus dem Hörer: »Hiaaa-ha-ha-haaah!«

Es war soweit: Hellbrand konnte sich die Photos abholen, und das tat er umgehend. Frau Bux überreichte ihm einige prall gefüllte, überraschend altmodisch aussehende Phototaschen. Laut beiliegender handgeschriebener Quittung waren es einhundertvierundzwanzig

Abzüge im Format sieben mal zehn Zentimeter. Hellbrand machte eine Bemerkung über den erfreulich günstigen Preis, woraufhin die alte Frau wieder ihr lautes Lachen hören ließ. Nun gab es keinen Grund mehr für ihn, länger in der Gesellschaft dieser zweifellos nützlichen, aber unangenehmen Person zu bleiben, und er nahm seinen Abschied, nachdem er ihr nochmals für alles gedankt hatte. Erleichtert, sie nie wiedersehen und -hören zu müssen, machte er sich auf den Heimweg.

Tagelang schwelgte Hellbrand in der Fülle des Bildmaterials. Er wähnte sich am Ziel seiner Wünsche, sein Glück schien vollkommen, und doch, etwas konnte noch verbessert werden: Von den interessantesten der doch recht kleinen Abzüge wollte Hellbrand sich in einem Kopierladen Vergrößerungen anfertigen lassen. Dank der modernen Technik wurden diese Kopien gestochen scharf und erhöhten den Genuß des Betrachtens in der Tat erheblich. Diverse Einzelheiten wie Schriftzüge, Schaufensterauslagen und architektonische Details traten nun zu Hellbrands Entzücken hervor, vorher unkenntlich winzige Gestalten im Hintergrund besaßen plötzlich Physiognomien. An den einen oder anderen zufällig aufgenommenen Passanten konnte Hellbrand sich sogar tatsächlich erinnern. So wurde er eines Vormittags erstmals auf eine Photographie aufmerksam, die den Verlauf der Hauptstraße in östlicher Richtung zeigte. Am rechten Rand sah man eine Gruppe von drei Personen. Zwei Erwachsene und ein Kind waren es, die da aus einer Entfernung von schätzungsweise hundert Metern frontal abgelichtet worden waren. Weiter hinten war ganz klein das Gebäude zu sehen, in dem Hellbrands Großeltern zu jener Zeit gewohnt hatten. Als er die Gestalten genauer ansah, kamen sie ihm seltsam vertraut vor. »Ja, sind das etwa meine Eltern?« fragte er sich laut. »Und das Kind wäre dann ich?« Freudig erschrak er bei dem Gedanken daran, wie hoch die Wahrscheinlichkeit war, daß er sich selbst als Kind auf einem der Photos entdeckte. Er sprang auf, um eine Lupe zu holen. Leider besaß er keine besonders gute, und der erzielte Effekt brachte kein eindeutiges Ergebnis, entkräftete aber auch nicht Hellbrands Verdacht. Letzte Gewißheit war nur durch weitere Vergrößerungen des Bildausschnittes zu erlangen.

Hellbrand eilte zum Kopierladen. Schritt für Schritt wurden dort die drei Zwerge auf dem Papier aufgeblasen, und noch bevor die mangelhafte Hintergrundschärfe sie zu verschwommenen Klumpen werden ließ, verfügten sie über genügend individuelle Züge, um von Hellbrand zweifelsfrei identifiziert werden zu können. Es waren tatsächlich er selbst und seine Eltern, höchstwahrscheinlich auf dem Heimweg nach einem Besuch bei den Großeltern. Das Haus, in dem die drei wohnten und zu dem sie, wie man annehmen konnte, unterwegs waren, war vorn links auf dem Photo zu sehen. Ein erstaunlicher, wenn auch nicht ganz unwahrscheinlicher Zufall! Erst als er wieder in seinem Appartement war, kam ihm der Gedanke, daß seine Eltern und er auch auf anderen Aufnahmen zu sehen sein mußten, die diese Straßenseite zeigten. Sie würden immer sehr klein im Hintergrund bleiben, da Frau Bux ja in derselben Richtung weitergegangen war. Die Vermutung bestätigte sich. Familie Hellbrand näherte sich zusehends ihrem Wohnhaus, welches wiederum auf jedem Bild weiter zurückwich.

Hellbrand machte von allen in Frage kommenden Bildern Ausschnittvergrößerungen und konnte zuletzt staunend verfolgen, wie er gemeinsam mit Vater und Mutter an dem Haus ankam – und wie er dann ohne die beiden weiterging. Wo wollte er hin? Hatten die Eltern ihm eine Erledigung aufgetragen, oder ging er einen Freund besuchen? Die Frage ließ sich nicht beantworten, denn drei Aufnahmen weiter war das selbst auf der höchsten Vergrößerungsstufe nur noch wenige Millimeter große Figürchen verschwunden und tauchte nicht wieder auf. Zum letzten Mal konnte Hellbrand es vor einem kleineren Gebäude sehen, das, wie ihm einfiel, damals leergestanden hatte und mit seiner verwitterten, heruntergelassenen Schaufenster-Jalousie und der zugenagelten Haustür einen furchteinflößenden Eindruck auf alle Kinder gemacht und deren Phantasie entsprechend beschäftigt hatte. Einige in seiner Schulklasse hatten natürlich behauptet, in dem grusligen Haus wohne eine Hexe, die Kinder gefangenhalte und schlimme Dinge mit ihnen anstelle. Der junge Georg hatte das zwar nicht geglaubt, trotzdem war es ihm unangenehm gewesen, jeden Tag an dem verwahrlosten Gebäude vorbeigehen zu müssen.

Indem er sich dieser Einzelheit aus der Kindheit wieder entsann, schüttelte er lächelnd den Kopf. Wahrscheinlich war er damals nach Hause zurückgelaufen und deshalb auf keinem der folgenden Bilder mehr zu sehen. Noch einmal schaute er die Vergrößerung an, die sein kindliches Alter ego vor dem Hexenhaus zeigte, und ohne daß er im mindesten wußte warum, stieg ein Gefühl der Beklemmung in ihm auf, das augenblicklich zu einer würgenden Angst anwuchs, und es war die gleiche, die er als Junge gehabt hatte. Ein Frösteln überkam ihn, und Ohrgeräusche stellten sich ein. Das wertete Hellbrand als eindeutiges Signal seiner Nerven. Er brauchte Ruhe. Während der vergangenen Tage hatte er sich fast ohne Unterbrechung und mit energieverzehrender Intensität den Photos gewidmet, so daß eine Pause dringend geraten schien. Ein Stündchen Schlaf würde die nervöse Erschöpfung kurieren. Schnell nahm Hellbrand sein Beruhigungsmittel und legte sich aufs Sofa. Doch die Zeit verging, ohne daß die erwünschte Wirkung eintrat. Selbst mit geschlossenen Augen sah Hellbrand weiterhin Schwarzweißphotographien von Gebäuden aus seiner Kindheit. Es waren ebenjene, die er zuvor so ausgiebig betrachtet hatte, und er wunderte sich, wie exakt er sich alles eingeprägt hatte. Da war wieder das zweigeschossige alte Haus, in dessen oberer Etage seine Großeltern gewohnt hatten. Im Parterre waren die Büroräume einer Spedition gewesen, und auf der rechten Seite schloß sich eine Lagerhalle mit Laderampe an. Doch dann folgten Aufnahmen von dem Haus, die er noch nicht kannte. Anscheinend hatte Frau Bux sie nicht am selben Tag gemacht wie die übrigen. Im Gegensatz zu deren herbstlich-verhangener Stimmung war hier Hochsommer. Wie die Bilder zeigten, hatte die Photographin die Straße verlassen, um auch das zu dokumentieren, was sich hinter dem Haus verbarg. Dort gab es ein unbebautes, verwildertes Grundstück, einen idealen Spielplatz für die Kinder des Viertels. Hellbrand war entzückt, das kleine Paradies wiederzusehen.

Da begriff er, daß nicht Frau Bux, sondern er selbst es war, der hier photographierte. Im Sehzentrum seines Gehirns entstand das Bild, das er mit der Kamera einfing.

Demnach stand nur noch die Kamera zwischen ihm und der realen Welt seiner Kindheit. Gelang es ihm, das Medium auszuschalten, konnte er diese Welt leibhaftig betreten! Die Überlegung war von geradezu erschütternder Logik! Er mußte lachen. Wie einfach es doch war – er brauchte nur den Photoapparat fortzunehmen und das Haus direkt anzusehen. Also, runter damit! Seine Arme folgten dem Befehl ohne weiteres, aber die Kamera – sie blieb, wo sie war. Warum? Vorsichtig rüttelte er an ihr, doch sie bewegte sich nicht. Was hielt sie denn vor seinem Kopf fest? Sogleich begannen seine Hände, die Ursache zu erkunden, alle zehn Finger tasteten Kameragehäuse und Kopf gründlich ab. Das übermittelte Ergebnis schockierte Hellbrand: Der unerwartet große Apparat war mit langen, dicken Stahlschrauben an seinem Schädel befestigt, genauer, in Stirn und Wangenknochen verankert. Er konnte nur durch die Kamera sehen, und was er sah, wurde photographiert.

Auf diese Weise erhielt Hellbrand eine Abbildung von dem verwilderten Grundstück. Es waren bei genauem Hinsehen sogar Kinder in einer Ecke zu sehen. Leider war auf die Distanz absolut nicht auszumachen, womit die Kinder sich beschäftigten. Wenn Hellbrand wissen wollte, was sie taten und ob er selbst unter den Spielenden war, mußte er den Bildausschnitt stark vergrößern. Dazu waren bestimmte, ihm selbstverständlich geläufige Manipulationen am Objektiv vorzunehmen. Ohne seinen Standpunkt zu verlassen, war es ihm möglich, dann alles groß und deutlich sehen.

Aber noch im selben Augenblick wünschte er, daß es ihm nicht möglich gewesen wäre. Da stand er als Neunjähriger, doch mit welchem Blick und in welcher Situation! Über und über mit glänzendem Dunkelgrau besudelt, in der rechten Faust ein Beil, posierte er neben einem mit schwarz klaffender Bauchhöhle zum Ausbluten aufgehängten Kadaver, an dessen umgekehrtem Kopf zu erkennen war, daß es sich um den großen, rohen Bengel handelte, der ihn, den Schwächeren, einst mit Wonne gequält hatte. Von dem Anblick wurde Hellbrand übel, und er wandte sich ab. Er lief einfach nach links, wo sich der Schrottplatz befand, und sofort lieferte die Kamera ein Bild. Vor einer Bretterbude stand wieder er selbst, diesmal mit einer Pistole in der Hand. Am Boden lag ein kleines Mädchen, eindeutig von ihm erschossen, geradezu durchsiebt. Er vermutete, daß es die Tochter des Schrotthändlers war.

Was für verabscheuungswürdige Bilder! Nie hatte er so etwas getan! Aber er mußte sich verstecken, denn man würde ihn suchen. Weil die Sonne so unbarmherzig brannte, lief er zum Haus der Großeltern zurück. Im Keller mußte es wohltuend kühl sein. Eine schöne Aufnahme von der Giebelseite mit dem Portal entstand, und er ging hinein. Unten in der Waschküche sah es dann so schlimm aus, daß er sofort floh. Nie wollte er an die Bilder erinnert werden, die er dort gemacht hatte von großen Wannen und Trögen und von überquellenden Kellerräumen mit unvorstellbaren Inhalten. Auf den viel zu heißen Dachboden hinauf wollte er nicht, weil er wußte, daß er da einen Schulkameraden gefangen hielt, der inzwischen an Mißhandlungen und Nahrungsentzug gestorben sein mochte. Lieber besuchte er die Großeltern in ihrer Wohnung. Sie saßen im Wohnzimmer und hatten große runde Köpfe, mit je einem Fischauge genau in der Mitte. Bevor er richtig sehen konnte, was sie mit den Händen taten, lief er fort. Ein lautes »Hiaaa-ha-ha-haaah!« zerriß den scheußlichen Traum.

Mit angstvoll hämmerndem Herzen und bebenden Nerven richtete sich Hellbrand auf und lauschte dem allmählichen Verhallen des Kreischens. Als er sich hingelegt hatte, war es früher Abend gewessen, jetzt war es draußen stockdunkel. Hellbrand fühlte sich erschöpfter denn je. Aber in seinem Schlaf war ein großes Loch mit brennendem Rand, dorthin konnte er auf keinen Fall mehr zurück. Er mußte unbedingt etwas essen und trinken und noch mehr von dem Beruhigungsmittel einnehmen, am besten die doppelte Dosis. Er hätte sich besser in acht nehmen sollen, aber die verdammte Nostalgie, die aus heiterem Himmel über ihn gekommen war wie eine Influenza …

Er war soeben in der kleinen Küche angekommen, da klingelte es an der Tür. Hellbrand zuckte zusammen. Besuch war etwas, das eigentlich nicht vorkam, erst recht nicht zu dieser Tageszeit. Entweder war es ein Irrtum oder ein dummer Scherz. Es klingelte noch einmal. Beim dritten Läuten ging Hellbrand zur Gegensprechanlage. Fast erwartete er, das kreischende Lachen von Frau Bux zu hören, doch statt dessen meldete sich auf sein Fragen eine unbekannte, Kinderstimme in ruppigem Tonfall: »Bist du Georg Hellbrand?« Es mußte ein Junge von zehn, elf Jahren sein. Weil der so plump Angesprochene noch überlegte, was er antworten sollte, wurde die Frage wiederholt, dringlicher diesmal. »Ja, warum?« erwiderte Hellbrand, denn er sah nicht ein, weshalb er sich unverschämten Rotznasen gegenüber verleugnen sollte. Aus dem kleinen Lautsprecher kam: »Frau Bux schickt uns. Wir sollen dich abholen zur Party.«

Frau Bux schickte kleine Jungen, um ihn zu holen? »Zu welcher *Party*?« fragte Hellbrand aufrichtig erstaunt. Die Knabenstimme antwortete: »Heute ist doch Halloween.« Halloween! Er mochte nicht glauben, daß jemand wie Frau Bux sich an einer derartigen Modeerscheinung beteiligen sollte. Hellbrand fror, gleichzeitig spürte er, wie sich das Feuer in seinen Nervenbahnen weiter ausbreitete. Er versuchte, sich zu konzentrieren.

»Frau Bux feiert eine Halloween-Party?« fragte er.

»Nein, wir«, sagte der Junge.

»Und wo?«

»Da, wo du als Kind gewohnt hast.«

Dieses impertinente Duzen! Und wo, sagte dieser Schnösel, fand die Party statt? Da, wo Hellbrand als Kind gewohnt hatte? »Das geht nicht«, sagte er, »da ist nichts mehr.«

Frau Bux schien komplett dement geworden zu sein – eine Halloween-Party im Freien? An der vierspurigen Hauptstraße? Inmitten der Beton- und Asphaltwüste, in die man Hellbrands alte Heimat verwandelt hatte? Ein tiefes Brummen in seinem rechten Ohr setzte ein.

»Du mußt mitkommen«, insistierte der unverschämte Bengel. »Wenn wir dich nicht mitbringen, macht sie was ganz Schreckliches mit uns. Wir kommen jetzt rauf.«

Was für eine Dreistigkeit! Hellbrand hatte schon verschiedentlich davon gelesen, daß Kinder und Halbwüchsige ganze Wohnsiedlungen terrorisierten, aber diese hier schienen zu keiner Bande zu gehören, beriefen sie sich doch ausdrücklich auf Frau Bux. Oder sprach gerade das für eine besondere Durchtriebenheit? Es verwirrte ihn. Ein solches Problem war das letzte, was er in seinem Zustand gebrauchen konnte. Seine Gesichtszüge rebellierten, Nase und Mund fingen an, miteinander Fangen zu spielen. Aus der Gegensprechanlage war nichts mehr zu hören. Waren sie fort? Waren sie jemals dagewesen?

Hellbrand ging unsicher zur Küche zurück. Er hatte sie kaum erreicht, als er ein Geräusch an der Wohnungstür hörte. Erschrocken drehte er sich um. Die Tür wurde von außen geöffnet, und herein kamen zwei große, dicke Knaben in eigentümlicher Verkleidung (es war ja Halloween): Beide trugen weiße Kostüme und schwarze Sonnenbrillen mit runden Gläsern. Im ersten Moment dachte Hellbrand, sie trügen Masken, sah dann aber, daß es ihre eigenen, aufgeschwemmten Gesichter waren. In ihren Gürteln steckten lächerliche Kochlöffel. Wortlos starrte er sie an. Wie konnten sie so ohne weiteres in die Wohnung kommen? Hatten sie einen Schlüssel? Hellbrand fragte sich taumelnd, ob er in Lebensgefahr schwebte. Am besten wäre es wohl gewesen, die Eindringlinge anzubrüllen und hinauszuscheuchen, aber dazu war er nicht imstande. Bewegungsunfähig wartete er darauf, daß sie über ihn herfielen. Die zwei blieben jedoch in der Nähe der Tür stehen. Der größere von ihnen tat den Mund auf und sagte: »Los, komm mit!«

Die Angstlähmung fiel von Hellbrand ab. Er begriff, daß die beiden es ernst meinten mit der Halloween-Party. Demnach waren sie wohl harmlos. Aber die Einladung war trotzdem blödsinnig. Das wollte er ihnen sagen, doch der Junge kam ihm zuvor:

»Es ist alles da.«

»Heute nacht«, fügte der andere mit höherer Stimme hinzu.

»Was soll das heißen, es ist alles da heute nacht?« fragte Hellbrand. Er mußte sich Mühe geben, die Worte deutlich zu artikulieren. Auf dem linken Ohr war er fast taub und hörte nur noch hohes Pfeifen. »Wovon redet ihr? Wollt ihr mir vielleicht erzählen, die zerstörte Gegend ist zurückgekehrt und die Häuser stehen wieder wie vor vierzig Jahren?«

»Ja!« riefen die Jungen wie aus einem Mund.

»Wie sollte das denn möglich sein?« fragte Hellbrand. Die Kräfte verließen ihn vollends. Er mußte sich auf den Fußboden setzen.

»Weil Halloween ist«, beteuerte der Kleinere.

Hellbrand wußte immerhin, daß damit die Nacht zu Allerheiligen gemeint war und daß nach uraltem Glauben in dieser Nacht die Seelen der Verstorbenen zur Erde zurückkehrten. Ob aber auch tote Orte zurückkehrten oder besser: die Seelen solcher Orte? Ein starker Heimweh-Schub packte ihn bei diesem Gedanken. Visionen der unzerstörten Wohngegend tauchten in seiner Vorstellung auf, aber es waren keine vom exzessiven Betrachten der Photos erzeugten zweidimensionalen Erinnerungsbilder in Schwarzweiß, sondern farbige, räumliche Eindrücke von einer Realität, die da draußen tatsächlich existierte. Sogar die Vögel konnte er zwitschern hören. Wie früher, in seiner Kindheit, war alles da, und er brauchte nur hinzugehen, um es zu erleben. In diesem Moment war er davon überzeugt, daß die Jungen die Wahrheit sprachen.

»Komm endlich!« drängten die dicken Knaben wieder. Sie zerrten ihn vom Boden hoch, bis er schwankend auf den Beinen stand. Er folgte ihnen, wie er war, die Wohnungstür ließ er hinter sich offen.

Unterwegs begegneten ihnen Horden furchterregend zurechtgemachter Kinder. Manche schienen tatsächlich aus der Erde gekrochen, bestürzend mißgebildet oder soeben auf abwegige Weise ums Leben gekommen zu sein. Hellbrand sah welche, die wie fleischgewordene Zeichnungen von Schizophrenen daherkamen. Gesichter, die gleichzeitig Frontal- und Profilansichten boten, gab es in mehreren Varianten, mal mit doppelten Nasen und Mündern, mal ohne das eine oder andere. Ein Junge fiel Hellbrand besonders auf, weil er seitlich an seinem alt anmutenden, kahlen Kopf eine karikaturhaft schnauzenartige Ausbuchtung mit Kartoffelnase, verdutztem Mündchen und fliehendem Kinn hatte, während sich en face unter den anatomisch mehr oder weniger richtig plazierten Augen ein nasenartiges Dreieck, aber kein Mund befand. Der Körper war ein Skandal, der nicht dem Effekt eines Kostüms angelastet werden konnte. Allerdings blieb Hellbrand kaum Zeit zu eingehender Betrachtung, denn seine schweigsamen Begleiter hatten es eilig.

An der Haltestelle wartete schon der Bus. Sie stiegen hinten ein, ohne Fahrgeld zu bezahlen. Die wenigen Fahrgäste waren ausschließlich kostümierte und maskierte Kinder. Es schien sich um eine Sonderfahrt zu handeln. Hellbrand wunderte sich darüber, wie still es in dem schwach beleuchteten Fahrzeug war. Die Kinder machten den Eindruck, als seien sie ausgestopft. Auch die Boten von Frau Bux saßen stumm und reglos mit geschlossenen Augen auf ihren Sitzen. Jetzt erst bemerkte Hellbrand, daß die Sonnenbrillen der Burschen mit schwarzer Farbe auf die Haut aufgemalt waren.

Der Bus fuhr ohne Halt bis in das Viertel seiner Kindheit. Wegen der dort herrschenden Dunkelheit konnte Hellbrand jedoch kaum etwas erkennen. Nirgendwo gab es Straßenbeleuchtung oder Leuchtreklame, in keinem einzigen Fenster brannte Licht. Aber die vollkommen leere Straße schien eindeutig so schmal wie einstmals zu sein. Als der Bus unvermittelt anhielt, erhoben sich alle Passagiere lautlos und stiegen aus, Hellbrand mitten unter ihnen. Genau an dieser Stelle war er früher immer ausgestiegen, und was ihn nun empfing, war in der Tat die alte Heimat. Direkt vor ihm ragte das Haus mit dem Zeitschriftenladen in die Höhe, wo er mittwochs seine Micky-Maus-Hefte gekauft hatte. Die Mauer, die er ungläubig berührte, fühlte sich kalt und solide an – eindeutig keine Phantasmagorie. Begeistert spähte Hellbrand durch die Schaufensterscheibe, aber es war zu dunkel, um irgend etwas zu unterscheiden. Er drehte sich zur Straße um und schaute in die Runde. Dichte Wolken verdeckten den Mond, und die Gebäude waren finstere Silhouetten. Aber sie standen wirklich alle wieder da! Vor ein paar Stunden hatte er noch in den Photos geschwelgt, und jetzt hielt er sich persönlich in der Originalszenerie auf. Er war überwältigt.

»Los, komm schon!« forderten ihn die madenartigen Boten auf. »Zur Party geht's hier lang!« Sie liefen den übrigen Kindern nach, die schon ein paar Schritte Vorsprung hatten. In euphorischer Stimmung folgte Hellbrand ihnen, mit jedem einzelnen Haus, an dem er vorüberkam, Wiedersehen feiernd. Die Wolken gaben ein Stück des vollen Mondes frei, und Hellbrand wurde auf eine gewisse Veränderung der Umgebung aufmerksam. Je genauer er hinschaute, desto deutlicher wurde ihm, daß doch nicht alles genau so war wie in seiner Kindheit.

Die Bausubstanz war stark gealtert, der natürliche Verfall sichtbar fortgeschritten. Es gab Risse in den Fassaden, überall blätterte Farbe, bröckelte Putz. Viele Platten des Trottoirs waren geborsten, im Asphalt der Straße waren Löcher, genügsame Pflanzen hatten sich an manchen Stellen angesiedelt. Häuser, Bürgersteig und Fahrbahn befanden sich in dem materiellen Zustand, den sie erreicht hätten, wenn sie seit Georg Hellbrands neuntem Lebensjahr ohne jede Pflege und Reparatur geblieben wären. Hellbrand machte keine Zeitreise, sondern besuchte eine morbide Geisterstadt. War er enttäuscht? Er wußte es nicht.

Wie die Gruppe der Kinder einige Meter vor ihm, überquerte er die verwaiste Straße. Schon das übernächste Haus war das, in dem er mit seinen Eltern gewohnt hatte. Die Kinder verschwanden soeben im seitlichen Eingang des dreigeschossigen Gründerzeitgebäudes. Dort also fand die Party statt, vielleicht sogar in der alten Wohnung? Der dicke Junge hatte ja gesagt: »Da, wo du gewohnt hast.« Noch zwei Häuser weiter stand das gefürchtete Hexenhaus. Hellbrand warf nur einen flüchtigen Blick hinüber und beeilte sich lieber, zu den anderen aufzuschließen. Die Tür war angelehnt, aus dem Treppenhaus schlug ihm der für Altbauten typische Geruch entgegen, hier nun um ein vielfaches verstärkt, weil seit Jahrzehnten weder gelüftet noch geheizt worden war. Die Räume mußten doch alle feucht sein! Er war gespannt, wie es drinnen aussah. Ob die Einrichtung von damals noch da war? Im Hausflur verschluckte ihn tiefste Schwärze, das Treppenhauslicht funktionierte nicht. Gewiß hatten die Kinder eine Taschenlampe bei sich, so daß sie problemlos nach oben gefunden hatten.

Aber es war nichts mehr von ihnen zu hören. Zum Glück tauchte jetzt im ersten Stockwerk das unruhig flackernde Licht einer Kerzenflamme auf.

»Wo bleibst du denn?« ließ sich von oben die Stimme des größeren Knaben vernehmen. Hellbrand gab zurück: »Warum habt ihr nicht auf mich gewartet? Ihr wißt doch, daß ich keine Taschenlampe dabei habe.«

»Woher sollen wir das wissen?«

Er stieg die quietschenden, krachenden Stufen aufwärts. Dabei bemerkte er, wie wacklig das Geländer war. Als er oben ankam, war der Junge mit der Kerze nicht mehr da, aber aus der offenen Wohnungstür fiel gedämpftes Licht. Hellbrand mußte sich wundern: Nichts war zu hören, keine Musik, keine laute Unterhaltung – für eine Party recht ungewöhnlich. Vielleicht hatte man etwas für ihn vorbereitet, und alle hielten jetzt drinnen die Luft an, um bei seinem Erscheinen »Überraschung!« zu schreien. Schließlich war er die Hauptperson, es war *seine* Heimkehr. Jeden Augenblick konnte das kreischende »Hiaaa-ha-ha-haaah« von Frau Bux die modrige Stille zerreissen.

Mit solchen Erwartungen trat er in den engen Flur der Wohnung. Die Wände waren kahl. Hatte er wirklich geglaubt, die Wohnung würde noch so aussehen wie vor vierzig Jahren? Der Lichtschein drang aus dem ehemaligen Wohnzimmer. Vorsichtig öffnete Hellbrand die Tür. Einige wenige Kerzen brannten auf einer Holzkiste, dem einzigen Einrichtungsgegenstand. Niemand schrie »Überraschung«, als er eintrat. In kleinen Gruppen standen ein Dutzend altmodisch verkleideter Kinder schweigend herum. Das war denn doch enttäuschend. Dazu hatte Frau Bux ihn eigens holen lassen? Sie selbst war nicht anwesend, und von den übrigen nahm niemand Notiz von ihm, auch die beiden Dicken nicht. Die waren damit beschäftigt, sich irgend welche Kärtchen anzusehen. Hellbrand ging zu ihnen und warf einen Blick auf das, was sie in den Händen hielten. Photos waren es, kleine Schwarzweißabzüge mit Zackenrand. Soeben betrachteten sie ein Bild, das auf alarmierende Weise Hellbrands Aufmerksamkeit erregte. Es sah aus wie – nein, wegen des schlechten Lichts irrte er sich bestimmt, und seine angegriffenen Nerven trugen ebenfalls zu einer Täuschung bei.

»Dürfte ich das mal haben?« fragte er nervös. Sie überließen ihm gleichgültig den ganzen Stapel und wandten sich ab. Hellbrand mußte einen Aufschrei unterdrücken, denn seine schlimmsten Befürchtungen wurden bestätigt. Es war wirklich das Photo aus dem Albtraum, das, auf dem er als Neunjähriger mit seinem ausgeweideten Peiniger posierte. Hastig überprüfte er den Rest der Bilder. Ihm wurde übel, vor seinen Augen klaffte der Abgrund äußersten Wahnsinns. Auf Beinen, die sich wie Gelee anfühlten, wankte er zu den Kindern, die jetzt alle am Fenster standen und in die Nacht hinausstarrten. »Woher stammen diese Bilder?« fragte er lauter, als er beabsichtigte. Weil niemand antwortete, streckte er ihnen den Stapel entgegen und schrie geradezu: »Woher kommen die?«

Träge drehte einer der madenhaften Kerle den Kopf nach Hellbrand um, indem er diesen mit einem abwesenden Blick bedachte und sogar die Mühe auf sich nahm zu sagen: »Aus dem Photogeschäft.«

»Aus welchem Photogeschäft?« wollte Hellbrand wissen. Damit überspannte er den Bogen, wie er an den schwarzumrandeten Augen des Jungen sah, und unendlich angeödet warf der ihm einen letzten Brocken hin: »Im Hexenhaus.«

Die Auskunft erstaunte ihn, denn in dem Hexenhaus war, solange er zurückdenken konnte, nie ein Photogeschäft gewesen. Hellbrand beschloß, sich selbst an Ort und Stelle einen Eindruck zu verschaffen. Er verließ die Wohnung, in der er einmal gelebt hatte, und in der jetzt nur rätselhafte Kinder lethargisch herumstanden, die nichts mit ihm zu tun haben wollten, nachdem zwei davon ihn fast mit Gewalt hergebracht hatten, zu einer Halloween-Party, die überhaupt nicht stattfand. Als er die Treppe hinabstieg, ärgerte es ihn, die Kinder nicht nach Streichhölzern gefragt zu haben. Nun mußte er sich durch den Hausflur tasten, bis er die offene Tür nach draußen fand. Auf dem Bürgersteig wandte er sich nach rechts. Nach wenigen Schritten hatte er es erreicht, das sogenannte Hexenhaus. Umgeben von Bauwerken, die viel höher waren als es selbst, präsentierte es sich im Mondlicht wie ein renitenter Zwerg. Während alle übrigen Häuser des Viertels lediglich gealtert waren, wies dieses eindeutig von Menschenhand vorgenommene Veränderungen auf. Die Jalousie des Schaufensters war hochgezogen, und der Eingang nicht mehr mit Brettern zugenagelt. Darüber verlief quer über die Fassade ein Schriftzug aus Reliefbuchstaben: »Photofachgeschäft«. Daß es wirklich eines war, bestätigten die im Fenster ausgestellten Artikel. Hellbrand stutzte: Solche Photoausrüstungen, wie er sie hier sah, waren mitnichten in seiner Kindheit gebräuchlich gewesen, sondern mußten damals bereits dreißig Jahre alt gewesen sein. Weshalb fiel dieses Haus aus dem Zeitrahmen?

Wie auch immer – von hier kamen die perversen Photos, und Hellbrand mußte herausfinden, wie sie entstanden.

Behutsam drückte er gegen die Ladentür. Sie gab nach. In dem dunklen Laden war niemand, und Hellbrand wandte sich den hinteren Räumen zu. Dort war es noch dunkler, doch durch einen Türspalt fiel rotes Licht: Jemand arbeitete im Labor. Er ging darauf zu, rief: »Hallo?« Doch niemand antwortete, deshalb klopfte er höflich an. Noch immer keine Reaktion. Also öffnete er die angelehnte Tür so weit, daß er in den Raum hineinsehen konnte, und sagte: »Entschuldigung ...« In dem dunstigen Rot, das alle Gegenstände aufzuweichen schien, stand ganz plötzlich eine große Gestalt vor ihm, und in seinen Ohren gellte ein kreischendes »Hiaaa-ha-ha-haaah!«

»Frau Bux!« stieß Hellbrand fast zu Tode erschrokken hervor. Die alte Frau schien massiger und kräftiger als bei der letzten Begegnung. Lachend erwiderte sie: »Ja, ja, ja, ich bin's! Kommen Sie, kommen Sie!«

»Ist das ... ist das hier Ihr Geschäft?« fragte Hellbrand.

»Nein, das meines Vaters. Ich führe es nach seinem Tod weiter.«

»Dann sind die Abzüge, die ich von Ihnen bekommen habe, von hier?«

»Ja natürlich«, sagte sie lachend. »Ich habe sie selbst gemacht.«

Daher die altmodischen Phototaschen und die handgeschriebene Rechnung! Hellbrand wurde ungehalten. Dieses Photofachgeschäft, diese Enklave der Kindheit von Frau Bux, kam ihm wie ein Schmarotzer vor, der sich innerhalb seiner eigenen Kindheit eingenistet hatte. Frau Bux zeigte auf einige Entwicklerschalen, in denen Photographien schwammen, und fuhr munter fort: »Sehen Sie, ich mache soeben wieder Abzüge. Da sind Sie drauf!«

»Ach ja?« rief Hellbrand wütend. »Sind das wieder solche Schweinereien, wie sie die Kinder drüben auf der sogenannten Party angesehen haben?«

»Hiaaa-ha-ha-haaah! *Die* Abzüge habe ich auch gemacht. Finden Sie, daß es Schweinereien sind?«

»Allerdings! Obwohl das noch ein viel zu schwaches Wort ist.«

»Aber das sind doch Bilder von Ihnen!«

»Von mir? Nein! Fälschungen sind das, die haben Sie am Computer hergestellt! Glauben Sie, ich durchschaue das nicht? Das, was auf diesen widerlichen Photos abgebildet ist, hat sich nie ereignet! Das kann sich nicht ereignet haben! Ich habe keine Ahnung, weshalb Sie so etwas tun, aber ich verbiete Ihnen, meine Vergangenheit zu fälschen!«

Ungewöhnlich ernst widersprach sie: »Ich fälsche Ihre Vergangenheit nicht. Es kommt alles aus Ihnen selbst, die Photos, die Häuser, die Straße, alles.«

»Das mache also ich allein, ja?«

»Sie ziehen der nackten Gegend Bilder aus der Vergangenheit an wie ein Gewand aus geisterhaftem Gewebe, das Ihr Bewußtsein gesponnen hat.«

»Nein, nein«, sagte Hellbrand abwehrend, »das ist nicht wahr, mit solchen Phrasen machen Sie mich nicht irre. Daß die zerstörte Gegend meiner Kindheit zurückgekehrt ist, hat seine Ursache darin, daß heute Halloween, also ...«

»Hiaaa-ha-ha-haaah! Halloween!« schrie Frau Bux und schüttelte sich vor Lachen, wobei das rote Licht sie monströser denn je aussehen ließ. »Jetzt glauben Sie schon so einen Quatsch? Soll ich Ihnen beweisen, daß es so ist, wie ich sage? Daß die Schweinereien, wie Sie sie zu nennen belieben, authentisch sind? Wollen Sie sich mit eigenen Augen davon überzeugen?«

»Da bin ich aber neugierig!« rief er trotzig.

Frau Bux eilte zur gegenüberliegenden Wand und riß eine schmale Tür auf. Dann funkelte sie Hellbrand an und sagte: »Hier! Sehen Sie hinein!«

Er tat es. Das Gehör sackte ihm beidseitig weg, in seinem Kopf entstand ein existentielles Brummen und Heulen, wieder tat sich vor ihm der gräßliche Abgrund auf, sogar noch tiefer als zuvor. Am dreckigen Boden eines winzigen fensterlosen Räumchens kauerte ein kleinwüchsiges menschliches Wesen. Alles in Hellbrand lehnte sich dagegen auf, aber das im einfallenden Rotlicht düster glühende Gespenst, das ihn da elend und ohne jeden Verstand aus fiebrigen Augen anglotzte, war unabweisbar er selbst als Neunjähriger. Am unerträglichsten fand er das Kabel, das im Kopf des unseligen Kindes steckte und am anderen Ende mit einem großen photographischen Apparat verbunden war. Durch den Tumult in seinen Ohren hindurch hörte er Frau Bux erklären: »Da kommen die Bilder her. Direkt aus Ihrem Bewußtsein. Das sind doch Sie, oder?«

Er war nicht in der Lage, darauf etwas zu antworten, Frau Bux aber redete weiter: »Die Phantasie des armen Kindes ist völlig ausgelaugt, weil Sie dauernd neue Bilder haben wollten. Und dann hat es ja auch noch das abgerissene Stadtviertel für Sie rekonstruieren müssen.

Daher der jämmerliche Zustand des Kleinen. Sie haben ihn ruiniert, *das* ist die Wahrheit.«

»Wie kann ich zur gleichen Zeit als Kind und als Erwachsener an *einem* Ort präsent sein?« stammelte Hellbrand. Es gab überhaupt keine Logik in diesen Verhältnissen, alles ging wüst durcheinander! Womöglich war der mißhandelte Junge auch nur eine Fälschung? Er streckte die Hand aus, um ihn zu berühren.

»Nicht!« hörte er Frau Bux schreien. »In Ihrem eigenen Interesse! Rühren Sie ihn nicht an!«

Hellbrand zuckte zusammen, hielt für den Bruchteil einer Sekunde inne, doch seine Absicht gab er nicht auf. Kaum war die letzte Silbe der Warnung verklungen, als er die Stirn des beklagenswerten Wesens mit den Fingerspitzen berührte. Bevor er etwas Festes fühlen konnte, detonierte ein alles durchdringendes Schreien von nie gehörter Qualität in seinem Hörzentrum, und augenblicklich zerfiel der Junge zu Staub. Hellbrand starrte auf das lose Ende des Kabels, das jetzt nutzlos am Boden lag. Es alterte in rasender Geschwindigkeit, wurde porös und löste sich zuletzt gänzlich auf. Derselbe unaufhaltsame Prozeß begann vor Hellbrands Augen auf Wände und Fußboden überzugreifen. Die Luft wurde immer staubiger. Hinter sich vernahm Hellbrand ein dumpfes Geräusch, das entfernt klang wie eine erstickte Stimme und dann in ein hohles Kratzen überging. Indem er spürte, wie der Boden unter ihm nachzugeben drohte, drehte er sich voller Angst zu Frau Bux um. Doch was war nur aus der eben noch so gefährlich kraftstrotzenden Matrone geworden! Entsetzt aufschreiend stieß Hellbrand die zerkrümelnde Mumie gegen das, was von dem Tisch mit den Entwicklerschalen noch übrig war, so daß alles zusammen in einer kränklich gelben Pulverwolke verpuffte. Nie gekannte neuronale Raserei, zu allesverzehrendem Höllenfeuer angefachter Fieberbrand in seinem Gehirn, trieb Hellbrand hinaus in die Nacht.

Am nächsten Morgen wurde er aufgegriffen, als er in Hausschuhen an der vierspurigen Hauptstraße herumirrte. Es war kein Wort aus ihm herauszubekommen, er gab immerzu nur ein kreischendes Lachen von sich: »Hiaaa-ha-ha-haaah! Hiaaa-ha-ha-haaah!«

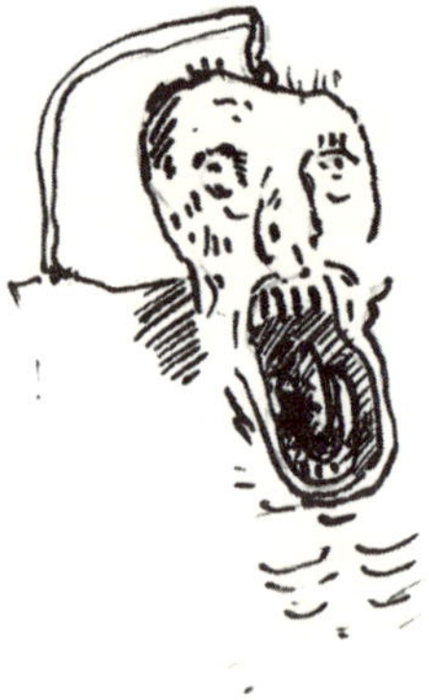

Edward

Entscheidend für Friederike war, daß ihr Mann die Ruhe hatte, die er zum Schreiben brauchte. Und in dieser Hinsicht konnte die Wohnung als ideal gelten. Aus keiner der sechs in Frage kommenden Richtungen gab es akustische Störungen. Zudem schätzte Edward, ihr Mann, der schon gefürchtet hatte, sein Talent verloren zu haben, das Viertel sehr und war sicher, die besondere Atmosphäre des Ortes werde ihn inspirieren. Weil damit zwei wichtige Voraussetzungen zur Überwindung seiner beruflichen Krise gegeben waren, nahm Friederike in Kauf, daß sie selbst sich an der neuen Adresse alles andere als wohl fühlte. Sie hoffte, sich mit der Zeit an die von jahrzehntelangem Verfall gezeichnete Straße und das düstere Haus zu gewöhnen. Doch die Wohnung bot ihr nicht die Behaglichkeit, die nötig gewesen wäre, um die bedrückende Nachbarschaft vergessen können, sondern wies im Gegenteil zahlreiche Mängel auf – und sie war zu teuer. Ein Jahr nach dem Einzug fühlte sich Friederike so wenig heimisch wie an keinem anderen Ort zuvor. Sie vermied es, aus den Fenstern zu sehen. Nach hinten gab es am Ende des ungepflegten Gartens nur eine sehr hohe verwitterte Backsteinmauer, nach vorn hinaus wurde der Ausblick vom rußgeschwärzten Riesenbau einer Kirche auf der anderen Straßenseite dominiert. Ihr Mann war von dem Ungetüm aus dem späten neunzehnten Jahrhundert fasziniert, Friederike hingegen fand es nur deprimierend.

E.E.

Vor Edward verschwieg Friederike ihren Kummer. Den offenbarte sie einzig ihrer Freundin Almuth. In einem ungleich angenehmeren Teil der Stadt hatte Almuth eine schöne Wohnung für sich allein, wo Friederike sie oft des Abends besuchte. Bei Wein und gemeinsam zubereiteten kleinen Mahlzeiten unterhielten sich die Frauen dann angeregt bis in die frühen Morgenstunden.

»Ich gehöre nicht zu den Menschen, die Selbstlosigkeit für prinzipiell bewundernswert halten«, sagte Almuth bei einer solchen Gelegenheit zu Friederike. »Wie du deine eigenen Empfindungen und Wünsche verleugnest, das ist geradezu monströs. Hat sich dein Opfer denn wenigstens für Edward gelohnt?«

Es war ausgesprochen bitter für Friederike, dies verneinen zu müssen. Trübe schaute sie in ihr halbgeleertes Glas und schüttelte den Kopf.

»Bis jetzt noch nicht«, erwiderte sie. »Die Inspiration, die er sich von dem düsteren Milieu erhofft hat, ist ausgeblieben. Er versucht es ja, aber ihm gelingt einfach nichts. Er sagt, seine Gedanken schafften nicht mehr den Weg vom Gehirn zum Papier. Es sei so, als ob er versuchte, Gegenstände in Träumen über das Aufwachen hinaus festzuhalten. Nachdem er sein Talent verloren habe, sei er nun dabei, auch den Verstand zu verlieren. In letzter Zeit klagt er oft über ein dauerndes traumartiges Abschweifen seiner Gedanken, das jedes konzentrierte Arbeiten verhindere. Ganz fremdes, unsinniges Zeug müsse er dauernd denken. Eine Zeitlang konnte er nachts nicht mehr schlafen. Ich habe ihn mehrmals in den frühen Morgenstunden dabei angetroffen, wie er in seinem Arbeitszimmer am Fenster stand und zu der Kirche hinüberstarrte. Die Kirche wird nicht mehr genutzt, und die Glocken läuten gottlob nie, aber er behauptet, manchmal drinnen Licht zu sehen und auch Schatten von Personen, die ganz langsam zu tanzen scheinen.«

Rigoros rief Almuth: »Ihr müßt da sofort ausziehen, und dann braucht Edward schnellstens eine Therapie. Diese Wohnsituation ist das reinste Gift für euch beide.«

»Ein Umzug ist teuer und strapaziös, und wir müssen erst einmal etwas Besseres finden«, gab Friederike zu bedenken. Almuth ließ den Einwand nicht gelten: »Das Wichtigste ist, daß ihr nicht länger in diesem morbiden Loch bleibt. Was Besseres als das findet ihr allemal. Nimm dir, wenn's sein muß, einen Makler, aber sieh zu, daß ihr da so bald wie möglich rauskommt!«

»Ich werd's versuchen«, sagte Friederike nicht sehr überzeugend. »Wenigstens habe ich es schon geschafft, Edward zu einem Neurologen zu schicken.«

»Und was sagt der?«

»Er hat ihm zu mehr Bewegung und weniger Alkohol geraten. Eine Therapie wurde auch vorgeschlagen, aber du weißt ja, wie Edward ist. Außerdem soll überprüft werden, ob vielleicht eine hormonelle Störung vorliegt. Bei Männern in Edwards Alter kommt häufig Testosteron-Mangel vor. Gegen die Schlaflosigkeit hat er ein Medikament bekommen, und seit er das nimmt, schläft er wie ein Toter. Apropos Schlaf: Wie spät ist es überhaupt?«

»Halb zwei durch.«

»Gütiger Himmel!« rief Friederike erschrocken. »Und ich muß morgen ins Büro ...«

Eine Viertelstunde später stieg sie an der ihr verhaßten Adresse aus dem Taxi. Sorgsam den Anblick des schwarzen Steinkoloß gegenüber vermeidend, schloß sie die Haustür auf. Alkoholisiert wie sie war, brachte sie den ungastlichen Flur mit der schwachen Beleuchtung hinter sich, eilte an den Türen der Arztpraxis im Parterre vorbei und stieg die Treppe zur ersten Etage hinauf, wo ihre Wohnung war. Sie wollte nur noch in ihr Bett. Den schweren Kopf ins Kissen zu wühlen, sich auf dem Laken auszustrecken und, warm zugedeckt, endlich in wohltätiges Vergessen zu entschlummern – diesem Ziel strebte sie mit aller Kraft und gezücktem Schlüssel entgegen. Lediglich die Wohnungstür stand noch zwischen dem Bett und ihr. Die Vorfreude riß sie zu einem übertriebenen Grinsen hin. Mit alberner Grazie (es sah sie ja niemand) improvisierte sie die Parodie einer ehrerbietigen Ballettfigur und steckte den Schlüssel überraschend treffsicher ins Schloß. Doch im selben Moment stellte sie fest, daß etwas nicht stimmte: Der Schlüssel drang nicht so weit hinein, wie er sollte. Auf diese Weise war er nicht in der Lage zu bewirken, was sehnlichst von ihm erwartet wurde. Der Grund dafür konnte nur ein von innen steckender Schlüssel sein. Edwards Schlüssel. Friederikes mental offenkundig nachlassender Mann hatte ihn nach dem Abschließen nicht abgezogen. Er hatte vergessen, daß sie noch herein mußte!

Friederike stieß ein gepreßtes »O nein« aus, während die Erkenntnis ihrer Lage ein sich schnell ausbreitendes Gefühl tiefster Frustration verursachte. Es stand zu befürchten, daß Edward dank seines Schlafmittels weder auf Klopfen noch Läuten reagieren würde, und genau das bewahrheitete sich in den nächsten Minuten. Die Frustration ging in Panik über. Dementsprechend ungehemmt schlug Friederike gegen die Tür und betätigte zusätzlich die Klingel. Sie brauchte nicht zu befürchten,

Mitbewohner zu stören, denn es gab keine. Im Parterre, wo die Praxis war, wohnte niemand, und die Vermieterin, deren Wohnung sich im zweiten Stock befand, hatte eine Professur irgendwo im Ausland inne. Brückner war ihr Name, und Friederike war ihr noch nie begegnet. Und von dem Herrn, der laut Klingelschild ganz oben wohnte, existierte anscheinend bloß dieses Schild. Friederike war mit ihrem tief und fest schlafenden Mann allein in dem totenstillen Haus.

Vor Wut hätte sie heulen können. Ausgesperrt war sie, ausgesperrt aus der Wohnung, die sie haßte, die ihr jetzt aber als der erstrebenswerteste Aufenthaltsort der Welt erschien. Die Tür stellte ein unüberwindliches Hindernis dar. Selbst in ihrer gegenwärtigen Notlage bewahrte Friederike allerdings Sinn für die Verhältnismäßigkeit der Mittel und erwog nicht ernsthaft, sich mit roher Gewalt Zutritt zu verschaffen. Das Vernünftigste war, wieder zu Almuth zu fahren und bei ihr zu übernachten.

Die automatische Treppenhausbeleuchtung war erloschen, und Friederike schaltete sie wieder ein. Doch sie konnte sich nicht überwinden, wieder nach unten zu gehen, um draußen in dieser horriblen Gegend nach einem Taxi Ausschau zu halten. Für ein paar Sekunden wollte sie die Aktion noch hinauszögern. Plötzlich fiel ihr auf, daß es nicht mehr so totenstill war. Geräusche waren zu hören. Gedämpfte Stimmen. Friederike kam sich nicht mehr gar so gottverlassen vor. Sie lauschte und versuchte, den Ursprung der akustischen Eindrücke zu lokalisieren. Das Ergebnis verblüffte sie: Die Schallquelle befand sich eindeutig jenseits der verschlossenen Tür. Stimmen in ihrer Wohnung? Um zwei Uhr früh? Edward war doch allein und schlief! Sie hielt den Atem an. Es *war* Edwards

Stimme, daran bestand kein Zweifel. Er rief etwas, recht gutgelaunt sogar, wie es schien. Obwohl Friederike es krampfhaft versuchte, konnte sie den Wortlaut nicht verstehen. Sonderbarerweise rief Edward in bestimmten Abständen immer das gleiche, worauf, und das war das Allermerkwürdigste, jedesmal eine zweite Stimme mit einem kurzen, hellen Lachen antwortete – die Stimme eines Kindes! Etwas wie eine quäkende Kindertrompete war als nächstes zu hören, gefolgt von einigen Takte ungelenken Hämmerns. Dann ging es wieder von vorn los mit Edwards unverständlichem Ruf und so fort.

Friederike konnte es nicht fassen. Was ging in der Wohnung vor sich? Wer war da bei Edward? Weshalb öffnete er nicht? Er mußte ihr Klopfen und Läuten doch hören! Und was hatte diese sich ewig wiederholende Abfolge von Geräuschen zu bedeuten? Eine schlimme Befürchtung kam Friederike in den Sinn: Am Ende hatte sich sein geistiger Zustand bis zur Demenz verschlechtert, so daß er zwanghaft diese furchtbare akustische Litanei herunterspulte? Es war nicht auszuhalten! Verzweifelt schlug Friederike mit den Fäusten gegen die Tür und rief laut Edwards Namen. Nichts. Drinnen ging es immer weiter und weiter: Ruf, Kinderlachen, Trompete, Hämmern.

Das Licht ging wieder aus. Friederikes Knie gaben nach, sie sackte auf der Fußmatte zusammen. Voller Angst kauerte sie fröstelnd im Dunkeln. Jetzt war es so weit. Kein Weg führte um die Anerkennung der Tatsache herum, daß Edward ein Fall für die Psychiatrie war. Sie mußte die Polizei verständigen, damit die Tür aufgebrochen wurde. Von wo aus sollte sie telephonieren?

Friederike wollte sich gerade aufrappeln, da flammte

die Treppenhausbeleuchtung auf. Von unten erklangen laute, klappernde Schritte. Jemand in Damenschuhen durchmaß zügig den Hausflur, um sodann treppauf zu steigen. Friederike konnte sich beim besten Willen nicht vorstellen, wer das sein mochte. Vielleicht nahte Hilfe? Schnell erhob sie sich. Auf dem Treppenabsatz erschien eine gutgekleidete, kräftig gebaute Frau von Mitte Fünfzig. Sie trug eine Reisetasche.

»Gehören Sie hier ins Haus?« fragte sie streng, als sie Friederike erblickte. Die kam in ihrer Verfassung gar nicht auf den Gedanken, daß sie das gleiche Recht zu dieser Frage hatte, sondern erklärte, wer sie war und daß sie nicht in ihre Wohnung könne. »Ich muß dringend telephonieren, irgend etwas ist mit meinem Mann nicht in Ordnung«, fügte sie noch hinzu. Daraufhin stellte sich die Dame mit Brückner vor. Es war die Vermieterin.

»Was ist nicht in Ordnung mit Ihrem Mann?« fragte sie.

Friederike wies zur Tür und sagte kläglich: »Ich weiß nicht. Hören Sie doch nur, so geht das schon die ganze Zeit!«

Die Frau näherte sich der Tür und horchte schweigend. Unverändert wiederholte sich drinnen die Folge absurder Klänge. Es war Friederike ausgesprochen unangenehm, daß die erste Begegnung mit der Vermieterin unter solchen Umständen stattfand. Aber es war doch ein glücklicher Zufall, daß Frau Brückner ausgerechnet jetzt zurückkehrte, da konnte von ihrer Wohnung aus die Polizei gerufen werden.

Als die Vermieterin sich Friederike wieder zuwandte, lächelte sie und sagte: »Ihrem Mann geht es gut. Aber kommen Sie, wir dürfen jetzt nicht stören.«

Auf eine solche Reaktion war Friederike nun ganz und gar nicht vorbereitet. Entgeistert fragte sie: »Nicht *stören*? Wobei? Was ist da los? Woher wollen Sie wissen, daß es meinem Mann gut geht?«

»Man darf vor Ablauf der Nacht nicht darüber reden«, antwortete die Vermieterin. »Selbst ich muß schweigen. Es tut mir leid.«

Damit wollte Friederike sich nicht zufriedengeben. Ausdrücklich verlangte sie eine Erklärung. Die Vermieterin wiederholte aber lediglich ihr Bedauern und lud Friederike ein: »Kommen Sie mit nach oben in meine Wohnung. Sie können bei mir bleiben, bis das hier vorbei ist.«

»*Was* vorbei ist?«

»Haben Sie Geduld. Bitte!«

Friederike gab ihren Widerstand auf und folgte in die zweite Etage. Sie ärgerte sich über ihre eigene Fügsamkeit. Wie konnte sie das alles so hinnehmen? Wie hatte sie überhaupt in dieses Haus einziehen können? Ihre Selbstverleugnung brachte sie in die abscheulichsten Lagen. Nachdem die Vermieterin aufgeschlossen hatte, führte sie Friederike den Flur entlang zu einem kleinen Raum. »Das ist das Gästezimmer«, sagte sie. »Das Bett ist frisch bezogen, schlafen Sie sich erst einmal aus. Bad und WC sind gleich nebenan. Wenn Sie mich jetzt bitte entschuldigen wollen, ich habe noch zu arbeiten.«

Sie hatte Friederike sanft, aber bestimmt in das kleine Zimmer geschoben, jetzt schloß sie die Tür. Ihre Schritte entfernten sich auf dem Flur, bis sie verstummten. Was hatte die Frau mitten in der Nacht noch zu arbeiten, kaum daß sie nach einer vielstündigen Fahrt heimgekehrt war? Obwohl Friederike todmüde war, an Schlaf konnte sie unter diesen Umständen nicht denken. Nervös ging sie auf und ab. Bald hielt sie es in dem Räumchen nicht mehr aus und trat auf den schwach beleuchteten Flur hinaus. Während sie auf die Geräusche in der Wohnung horchte, fiel ihr ein großes Gemälde auf, ein Porträt, das schräg gegenüber an der Wand hing. Sie ging hin, um es sich anzuschauen. Dargestellt war ein Mann mittleren Alters mit dümmlich-entrücktem Gesichtsausdruck. Er hatte einen dunklen Vollbart, sein Haar war wirr. Friederike wunderte sich. Auf eine karikierende Weise erinnerte der Porträtierte sie an Edward, je länger sie hinsah, um so mehr verstärkte sich dieser Eindruck. Er war es, und er war es auch wieder nicht. Natürlich war das unsinnig, denn an diesem Ort hing ganz bestimmt kein Konterfei ihres Mannes, erst recht kein karikierendes, und sie sagte sich, daß sie die vage Ähnlichkeit nur deshalb hineinsah, weil sie sich augenblicklich solche Sorgen um ihn machte und aus unbekannten Gründen nicht zu ihm konnte. Dem dürftigen Licht fiel dabei sicher ebenfalls eine entscheidende Rolle zu. Gebannt betrachtete sie das Bild. Der rechte Arm des Mannes hing herab, in der Hand hatte er eine leer aussehende, längliche Tüte aus braunem Papier. Mit der linken hielt er etwas Undefinierbares vor der Brust, einen kleinen, vielleicht metallenen Gegenstand, eventuell eine Klemmvorrichtung für Notizblätter. Die zeitliche Einordnung des Bildes fiel schwer. So weit Friederike solche Dinge beurteilen konnte, hätte das Gemälde einem Salonmaler des neunzehnten Jahrhunderts in Bezug auf die Technik alle Ehre gemacht, war aber mit Sicherheit wesentlich jünger. Bei nächster Gelegenheit wollte sie die Wohnungsinhaberin darauf ansprechen, ob dies nun neugierig wirkte oder nicht. Jedoch die Ähnlichkeit mit Edward …

Ganz deutlich erklang in diesem Moment das kurze, helle Kinderlachen, nur wenige Meter entfernt und ohne die übrigen akustischen Elemente der stereotypen Abfolge. Demnach war das mysteriöse Kind nicht mehr unten bei Edward, die unerklärlichen Vorgänge mußten ein Ende gefunden haben. Dann konnte Friederike ja wieder hinunter! Es war schneller gegangen, als sie befürchtet hatte. Frau Brückner hätte ihr ruhig Bescheid geben können, aber vielleicht wußte sie es selbst noch nicht? Und wieder ließ sich das helle Lachen hören, das Kind lief anscheinend in der Wohnung herum. Friederike wollte jetzt endlich zu ihrem Mann. Sie eilte zur Wohnungstür, fand sie aber abgeschlossen. Unglücklicherweise steckte der Schlüssel nicht, es war also nötig, die Vermieterin um Hilfe zu bitten. Einen leisen Fluch ausstoßend, machte Friederike sich zum Ende des dämmerigen Flurs auf, wohin sie sie vorhin hatte gehen hören. Erstaunlicherweise fand sie dort aber keine Türen, vielmehr eine an drei Seiten von einem hölzernen Geländer umschlossene Öffnung im Fußboden – eine Treppe führte nach unten. Das war widersinnig! Da unten mußte sich ihre Wohnung befinden, wo es aber hundertprozentig keine solche Treppe gab. Für einen Augenblick kam ihr die Idee, ein Umbau sei, um sie zu überraschen, in ebendieser Nacht vorgenommen worden, bei ihrem Eintreffen aber noch nicht ganz fertig gewesen, so daß sie hier oben warten mußte. Für die absonderlichen Geräusche, die sie unten vernommen hatte, bot diese Theorie jedoch keine Erklärung. Und welchen Sinn hätte eine Treppe zwischen den Stockwerken haben sollen? Dummes Zeug! Aber wohin führte diese Treppe, wenn nicht in ihre Wohnung und somit zu Edward? Was ihr in dieser Nacht schon an Absurditäten geboten worden war, hatte ihren Verstand korrumpiert, und ohne weiter nachzudenken, betrat sie die Stufen. Dort unten war Edward, und zu ihm wollte sie, sonst nichts. Egal, wie morbide und wunderlich sein Benehmen schien – er war ihr Mann, und gerade in dieser furchtbaren Nacht, auf diesen Stufen, die es gar nicht geben durfte, wurde ihr bewußt, wie nahe sie ihm stand, wie viel er ihr bedeutete. Sie brauchte ihn, und gewiß brauchte er sie. Sie machte sich schwere Vorwürfe, am vergangenen Abend nicht bei ihm daheim geblieben zu sein. So schnell sie konnte, lief sie hinunter.

Eine Enttäuschung erwartete sie, denn der leere, große Raum, den sie auf diesem Weg erreichte, war ihr vollkommen fremd. Durch ein Fenster in der linken Wand drang ein schwacher Lichtschein herein. Vorsichtig näherte sich Friederike der staubig trüben Scheibe. Der Ausblick, der sich ihr bot, entsprach exakt demjenigen, den man von Edwards Arbeitszimmer aus hatte: Sie sah die sinistre Masse der Kirche auf der anderen Straßenseite. Wie sie dieses Monstrum haßte! Diesmal gab es allerdings eine Abweichung vom Gewohnten. Die neugotischen Spitzbogenfenster glommen in der Schwärze, und in dem rötlichen Licht bewegten sich träge Schatten. Es sah tatsächlich so aus, als tanzten mehrere Personen sehr langsam um ein glosendes Feuer. Edward hatte die Wahrheit gesprochen!

Das kurze Kinderlachen unterbrach ihre Beobachtung und ließ sie heftig herumfahren. Vorhin hatte sie das Kind doch noch oben gehört. War es vor ihr die

Treppe hinuntergelaufen? Sie lauschte, aber alles blieb still. Dafür klaffte jetzt in der Wand gegenüber ein heller Spalt, der vorhin noch nicht dagewesen war. Jemand hatte eine Tür geöffnet. Friederike trat darauf zu und gelangte so auf einen kurzen Flur, von dem eine weitere Tür abging. Wieder blieb sie stehen und lauschte. Und wirklich war etwas zu hören: Der Ton der quäkenden Kindertrompete, offenbar aus dem Raum hinter der Tür. Friederike fühlte, wie sich ihre Haare sträubten und ging näher heran. Von drinnen folgte als nächstes ein unangenehm vertrautes, ungelenkes Hämmern. Es fehlte nur noch … Und wirklich: Edwards Stimme rief wieder auf dieselbe gutgelaunte Weise mehrmals hintereinander jene unverständlichen Worte, worauf stets helles Kinderlachen antwortete. Alles klang ganz genau so, wie Friederike es zuvor im Treppenhaus gehört hatte! Nun gab es kein Halten mehr für sie. Ohne anzuklopfen machte sie heftig Gebrauch von der Klinke. Die Tür sprang auf, und das helle Kinderlachen empfing die Hereinstürzende, die sich nun mit einem schummrigen, häßlich eingerichteten Zimmer konfrontiert sah. Obwohl sich niemand darin aufhielt, vollzog sich die Abfolge der ihr bis zum Überdruß bekannten Geräusche weiterhin mit unerbittlicher Gleichförmigkeit. Friederike brauchte nicht lange zu suchen, um die Ursache zu entdecken. Auf einem Tisch stand ein altertümliches Tonbandgerät, dessen Spulen sich drehten. Ein an den Enden zusammengeklebtes Stück Tonband wurde endlos abgespielt. »Ich kann es nicht mehr hören!« rief Friederike wütend. Kurzerhand riß sie das Stromkabel aus der Steckdose. Endlich Ruhe! Verwirrt stand Friederike bei dem schweigenden Gerät. Sie war auf einen plumpen Schwindel hereingefallen, dessen Urheber und Zweck ihr ebenso rätselhaft waren wie ihr eigener gegenwärtiger Aufenthaltsort. Edward war jedenfalls nicht hier. Diese Erkenntnis bereitete Friederike eine weitere schwere Enttäuschung. In ihrem ganzen Leben hatte sie sich noch nie so einsam und verloren gefühlt. Wo war die Welt geblieben, die sie gekannt hatte? Die Angst, womöglich nicht wieder zurückzufinden, schnürte ihr die Kehle zu. War sie denn ganz plötzlich wahnsinnig geworden? Als Folge des jahrelangen Unwohlseins in der neuen Wohnung? Ihr wurde übel. Hilflos wie ein kleines Kind, war sie nahe daran, in Tränen auszubrechen und sich zu Boden zu werfen.

Auf der Suche nach einem Ausweg fiel Friederikes umherirrender Blick auf die Rücken einiger Bücher in dem schäbigen Regal neben ihr und blieb daran kleben. Zuerst glaubte sie, sich zu täuschen, dann überzeugte sich aber davon, daß es wirklich so war: Auf allen stand Edwards Name! Die Bücher trugen abstoßende, teils sogar ekelhafte Titel. Friederike war vollkommen sicher, daß ihr Mann dergleichen nie veröffentlicht hatte. Es konnten nur die Erzeugnisse eines Namensvetters sein. In der Absicht nachzusehen, ob vielleicht irgendwelche Informationen über den Autor darin enthalten waren, wollte Friederike eins der Bücher herausziehen. Da ging am anderen Ende des Zimmers eine Tür auf. Im Rahmen erschien ein Mann. Sein zerrauftes dunkles Haar, der Vollbart und die derangierten Gesichtszüge waren ihr irgendwoher vertraut. Richtig, der Mann auf dem seltsamen Porträt! Aber das war doch – nein, das konnte nicht Edward sein, oder? Herrgott, erkannte sie denn den eigenen Mann nicht mehr? Das Licht war zwar schlecht, aber trotzdem ... Friederike ging ungläubig auf ihn zu, brachte jedoch kein Wort hervor, sie war unfähig zu denken. Der Mann machte ein törichtes Gesicht und gab einen kurzen Stöhnlaut von sich. Was bedeutete das? Erkannte er sie? Zweifelte er ebenso wie sie? Als ob er irgendwo im Zimmer hinter sich Unterstützung suchte, drehte er sich halb um und verharrte in dieser Stellung. Friederike hörte tatsächlich, wie jetzt jemand zur Tür kam. Eine Frau in nachlässig übergeworfenem, die Brust halb freilassendem Morgenrock und aufgelöstem Haar zeigte sich. Erst auf den zweiten Blick begriff Friederike, wer das war.

»Es wird Zeit für die Kirche«, sagte die Frau zu dem Mann. Indem sie mit dem Kopf auf Friederike wies, fügte sie hinzu: »Und sie muß noch eingekleidet werden.«

»Was reden Sie denn da?« fuhr Friederike die Vermieterin entsetzt an, denn um die handelte es sich bei der Frau zweifellos. »Und was tun Sie hier? Erklären Sie mir um Himmels willen, was das alles bedeutet!«

Mit provozierender Gelassenheit ging die Vermieterin darüber hinweg. Sie nahm Friederike sanft beim Arm und zog sie in das angrenzende Zimmer. Sowie die widerstrebend Eintretende sah, was sie drinnen erwartete, zuckte sie zusammen. Vier hagere, düstere Gestalten mit feierlichen Mienen standen bei Kerzenschein in der Mitte des Raums, zu ihren Füßen eine offene längliche Holzkiste. Friederike wollte davonlaufen, fühlte sich jedoch wie gelähmt. Mit Entsetzen beobachtete sie, wie die Vermieterin zu der Kiste ging und etwas herausnahm, das aus hellem Stoff zu bestehen schien. Während sie damit zu Friederike zurückkehrte, faltete Frau Brückner es auseinander und hielt zuletzt ein langes, schneeweißes

Gewand in Händen. Reich mit Spitzen besetzt, mutete es auf gewisse Weise mittelalterlich an. Friederike schaffte es, einen Schritt zurückzuweichen. Mühsam drehte sie sich zur Tür um. Der Mann stand noch immer da. Erst jetzt registrierte Friederike seine unvollkommene Bekleidung. Er trug nur ein weißes Oberhemd, gerade lang genug, um seine Blöße zu bedecken. Unterhalb des Hemdsaums gab es nur nackte, behaarte Haut zu sehen. Nun kam er ins Zimmer und machte eine halbe Drehung, um die Tür zu schließen. Für die Dauer einer Sekunde glaubte Friederike, an der Rückseite des Mannes hänge etwas Ungehöriges unter dem Hemd hervor, ein flaches Gebilde aus gelblicher Haut, ein beutelartiger Auswuchs von der Breite eines Waschhandschuhs, der oberhalb der Kniekehlen in einer breiten, mit einigen langen schwarzen Borsten ausgestatteten Spitze endete. Ein zweiter, genauerer Blick wäre erforderlich gewesen, um den Tatsachengehalt dieser unwahrscheinlichen Impression zu überprüfen, aber da wandte sich der Mann wieder zu Friederike um. In der linken Hand hielt er jenen undefinierbaren kleinen, anscheinend metallenen Gegenstand, der ihr schon auf dem Porträt aufgefallen war. Friederike verlor endgültig die Fassung und schrie, so laut sie konnte: »Edward!«

»Keine Angst«, ließ sich die Stimme der Vermieterin vernehmen, »Sie werden nichts spüren.«

Friederike wollte noch einmal schreien, brachte aber keinen Ton mehr heraus. Der Mann kam langsam näher. Er öffnete den Mund, seine Lippen bewegten sich, und mit Edwards Stimme sprach er ein paar unverständliche Worte. Dann ging das Licht aus. Das letzte, was Friederike hörte, war das helle Kinderlachen.

Stimme des Blutes

Nein, das kann ich wirklich nicht begreifen, ich kann es absolut nicht begreifen! Aber am seltsamsten, am allerwenigsten begreifbar ist, daß es überhaupt Autoren gibt, die nach einem solchen Sujet greifen können.

(Nikolai Gogol, Die Nase)

Lieber Gerald,

Du mußt Dich für Dein Ansinnen keinesfalls rechtfertigen und schon gar nicht entschuldigen. Es ist völlig legitim, solche Quellen, wenn sie einem denn schon zugänglich sind, zu nutzen. Daher will ich Dir sehr gern behilflich sein. Allerdings fürchte ich, daß Du die berufliche Vergangenheit Deiner alten Tante ein wenig überschätzen könntest. Aufregende Fälle wie in der Psychiatrie habe ich ja nie behandelt. Schließlich hatte ich nur eine bescheidene Praxis für eine im Großen und Ganzen, nun ja: *normale* Laufkundschaft. Meist kamen Menschen zu mir, die Probleme mit ihren Partnern hatten, depressive Verstimmungen waren häufig, ebenso leichtere Phobien, Schlaf- und Eßstörungen. Einen Fall hatte ich allerdings, der einer gewissen Phantastik nicht entbehrte. Vielleicht wirst Du ihn auch nur einfach makaber nennen. Aber das sind Kriterien, mit denen ich nicht zu operieren pflege. Ich gebe die Geschichte hier jedenfalls so wieder, wie sie sich dem Patienten damals darzustellen schien.

Es war vor über zehn Jahren, da erschien ein Mann mittleren Alters in der Praxis, den ich im folgenden N. nennen werde. Sein Problem war eine innere Stimme, die genau wie seine eigene klang und sich allnächtlich im Schlaf meldete. Wie er sagte, rief die Stimme sehr eindringlich immer ein einziges Wort: »Zurück«, und das tat sie so lange, bis N. erschrocken aufwachte. Lange hatte er niemandem von dieser zermürbenden Störung erzählt, doch jetzt war er so weit, daß er Hilfe benötigte. Ich fragte ihn, ob er angeben könne, wie lange er die Stimme schon höre, und er antwortete, der Zeitpunkt ihres ersten Auftretens lasse sich exakt bestimmen: Es sei die Nacht nach einer Leistenbruchoperation vor vier Jahren gewesen. Aus diesem Grund gab es für ihn keinen Zweifel daran, daß es sich um eine Folge der Narkose handelte. Er war sicher, einen Schaden erlitten zu haben, hatte auch von ähnlichen Fällen gelesen. Vor der Operation sei er ein ruhiger, ausgeglichener Mensch mit gesundem Lebensmut gewesen, seither neige er hingegen zu Unruhe, Zerrissenheit und Depressionen. Er habe Angst, verrückt zu werden; allabendlich betrinke er sich, weil ihn ein Grauen befalle, wenn die Schlafenszeit näherrücke. Aufgrund des Eindrucks, den er im Gespräch machte, hielt ich ihn nicht für psychotisch, wohl aber für stark nervös. Für das Hören der Stimme, die nur im Traum auftrat, schien mir Streß verantwortlich zu sein. Tatsächlich gab N. auch an, unter großem beruflichem Druck zu stehen. So hielt ich es für sinnvoll, dort therapeutisch anzusetzen. Zweimal wöchentlich kam er in meine Sprechstunde.

Nach einem Monat hatte sich an seinem Zustand nichts geändert, und beim neunten Termin berichtete N.

von einem verstörenden Vorfall. Er habe einen Brief erhalten (den er allerdings nicht mitbrachte), in dem ihm Ungeheuerliches mitgeteilt worden sei. Der Absender habe sich als Abteilungsleiter eines namhaften Forschungsinstituts vorgestellt und weiter ausgeführt, seine Abteilung beschäftige sich schwerpunktmäßig mit der Erforschung abnormer Zellteilung, speziell Mehrlingsmißbildungen. Sein Interesse gelte vor allem den klandestinen, also inneren Zwillingen. Er habe auf diesem Gebiet bedeutende Erkenntnisse gewonnen, die zu großen Hoffnungen berechtigten. Höchst bedauerlicherweise habe jedoch die Institutsleitung unter dem Vorwand von Sparmaßnahmen seinen Vertrag nicht verlängert und die kurzfristige Schließung der Abteilung beschlossen. Trotz intensiver Bemühungen sei es ihm nicht gelungen, einen neuen Geldgeber für seine Forschungsarbeit zu finden, so daß dieser nun ein abruptes Ende bereitet werde. Leidtragende seien, vom Schaden für die Wissenschaft abgesehen, nicht allein seine Mitarbeiter und er selbst, sondern auch einige lebende Forschungsobjekte. Das fernere Schicksal eines solchen sei der Anlaß für seinen Brief. N.s Namen und Adresse habe er den Unterlagen der Klinik entnommen, in der N. sich vor vier Jahren einer Leistenbruchoperation unterzogen habe. Tatsächlich war es seinerzeit zu einem Vorfall gekommen, von dem N. erst viel später aus der Abrechnung der Klinik erfahren hatte: Während der Operation hatte man bei ihm eine große Geschwulst entdeckt und kurzerhand entfernt. Diese Abdominalgeschwulst, so erfuhr N. jetzt aus dem Brief, sei als eigenständiger Organismus erkannt worden, bei dem es sich entweder um einen Parasiten oder einen inneren

Zwilling handeln sollte. Der operierende Chefarzt hatte dafür gesorgt, daß der Fund umgehend der Abteilung des Briefschreibers überstellt wurde. Als das wenig ansehnliche Wesen dort ankam, hatte es anscheinend noch gelebt und war dank regelmäßiger Bluttransfusionen stabilisiert worden. Im Laufe der Zeit habe es eine gewisse Entwicklung durchlaufen, hieß es, auf die in dem Brief aber nicht näher eingegangen wurde. Der Zweck des Schreibens war der, N. dafür zu gewinnen, das nunmehr heimatlose Wesen künftig als seinen unmittelbaren Blutsverwandten bei sich aufzunehmen. Dazu seien »spezielle Vorkehrungen« notwendig, jedoch kaum aufwendiger als die zur Haltung eines exotischen Haustiers. Er möge nur schnell antworten, alles Weitere werde er dann direkt vom Absender erfahren.

N. hielt das Ganze für einen geschmacklosen Scherz und behauptete, deshalb den Brief weggeworfen zu haben. Der Absender hatte sich angeblich nicht einmal die Mühe gemacht, einen offiziellen Instituts-Briefkopf zu fälschen, sondern einfach auf einen Blancobogen getippt. Auf meine Frage, ob er einen Verdacht habe, wer der Urheber des Briefs sein könne, antwortete N. ausweichend und gebrauchte den Begriff »politische Gegner«.

Mir schien aber, daß N. seit dem ominösen Brief von der Zwillings-Thematik wie besessen war. Aufrichtig entsetzt sprach er über Fälle von Kannibalismus im Mutterleib, wo ein Zwilling den anderen gefressen habe. Beweise dafür gäbe es immer wieder: Im Körper des überlebenden, in der Steißregion, fänden sich dann Knöchelchen, Haare und winzige Hornnägel. Sein Befinden verschlechterte sich merklich. Vier Wochen später behauptete er, einen zweiten Brief vom selben Absender erhalten und, wie schon den ersten, aus Ärger über den schlechten Scherz gleich nach dem Lesen vernichtet zu haben. Gleichwohl schien ihn der Inhalt sehr zu beunruhigen. Der Leiter der aufgelösten Abteilung habe in unverhohlen vorwurfsvollem Ton bedauert, keine Antwort auf sein erstes Schreiben erhalten zu haben, und N. des weiteren darüber in Kenntnis gesetzt, daß das Wesen, das aus der Geschwulst hervorgegangen sei, sein »nächster Blutsverwandter«, infolge des Chaos, das bei der überstürzten Schließung der Abteilung herrsche, bedauerlicherweise verlorengegangen sei. Einiges deute darauf hin, daß es entwichen sein müsse und sich »irgendwo draußen« aufhalte, ganz auf sich gestellt. Seine Überlebenschancen seien jedoch nicht allzu gering, da es über »gewisse Eigenschaften« verfüge, die ihm nützlich sein könnten. Der Verfasser des Briefes habe zuletzt die bestürzende Ansicht vertreten, die inzwischen fortbewegungsfähige, gewissermaßen amphibische Kreatur werde höchstwahrscheinlich instinktiv versuchen, zu ihrem »früheren Wirt« zurückzukehren, indem sie dessen Hirnstrommuster aufspüre. Dazu befähige sie eine ihrer vorerwähnten Eigenschaften.

Ich stellte fest, daß N.s Phobie deutlich paranoide Züge aufwies. Er äußerte, er fühle sich, als ob »seine Feinde« einen Bluthund auf ihn angesetzt hätten, um an ihm Vergeltung zu üben (wofür, sagte er nicht). Zu dieser Zeit mehrten sich die Anzeichen von fortgeschrittenem Alkoholismus bei N., und es lag auf der Hand, daß er umfassendere und tiefgreifendere Hilfe benötigte, als ich ihm bieten konnte. Nachträglich werfe ich mir vor, nicht schon zu diesem Zeitpunkt entsprechend reagiert zu haben. Doch das ändert nun nichts mehr, und wer weiß, ob das spätere Geschehen wirklich hätte verhindert werden können.

Danach hat N. noch zwei weitere Termine bei mir wahrgenommen. Beim ersten erwähnte er, in den letzten beiden Nächten habe jemand Unbekanntes gegen vier Uhr morgens bei ihm angerufen. Den Hörer abzunehmen hatte N. sich nicht getraut. Während des zweiten Termins wirkte er unkonzentriert, als lausche er ständig auf etwas. Den folgenden Termin sagte er telephonisch ab. Dabei machte er einen wirklich derangierten Eindruck, stotterte und lallte. Er war betrunken. Mehrmals schrie er, er halte es nicht mehr aus. Seit der letzten Nacht habe die Bedrohung eine neue Qualität erreicht. Ich versuchte, ihn zu beruhigen, und erfuhr gerade noch, der Wortlaut der inneren Stimme habe sich geändert. Jetzt rufe sie: »Bald da!« Ich riet ihm, schnellstens zu mir in die Praxis zu kommen. Für mich stand fest, daß er stationär behandelt werden mußte, und ich wollte sofort die Einweisung vornehmen. N. schluchzte etwas Unverständliches und legte auf.

Ich weiß noch, daß ich an diesem Tag von früh bis spät so viel Dringendes zu erledigen hatte, daß ich kaum wußte, wo mir der Kopf stand. Daher beschloß ich, mich erst am nächsten Tag wieder mit N. zu beschäftigen und seine Einweisung zu erwirken. Am nächsten Morgen rief ich daher N. an, konnte ihn jedoch nicht erreichen. Im Laufe des Tages versuchte ich es mehrmals wieder, bis sich am Nachmittag seine Lebensgefährtin meldete. An ihrer Stimme hörte ich sofort, daß etwas geschehen sein mußte. Die Frau schilderte mir, so gut sie es in ihrer Verfassung konnte, was sich in der letzten Nacht zugetragen hatte.

Am Abend hatte N., wie in letzter Zeit üblich, stark getrunken und war noch aufgeblieben, nachdem sie sich schlafen gelegt hatte. Um halb vier war sie erwacht und hatte bemerkt, daß im Wohnzimmer Licht brannte. Als sie hinübergegangen war, um nach N. zu sehen, hatte sie ihn bewußtlos und stark blutend am Boden liegend gefunden, mit einer längeren Schnittwunde im Unterbauch. Die Lebensgefährtin hatte zunächst geglaubt, er habe sich die Wunde im Vollrausch selbst beigebracht, dann aber, da die Terrassentür offen gewesen war, auch ein Verbrechen für möglich gehalten. Ein am Boden liegendes kleines Skalpell hatte in ihren Augen für letzteres gesprochen, denn es war nicht einzusehen, woher N. ein solches medizinisches Instrument hätte nehmen sollen. Darum hatte die Frau außer dem Notarzt auch die Polizei verständigt. Glücklicherweise war der Blutverlust nicht lebensbedrohend gewesen. Der Schnitt war genäht worden, nachdem man sich davon überzeugt hatte, daß keine inneren Organe betroffen waren. Was der Lebensgefährtin Sorgen bereitete, war N.s Geisteszustand. Wie sie sagte, stand er unter Schock und war nicht ansprechbar.

Die polizeilichen Ermittlungen konnten kein Licht in die Angelegenheit bringen. Von einem Täter fehlte jede Spur, so daß angenommen werden mußte, N. habe sich tatsächlich selbst verletzt. Deshalb und weil er nach wie vor in völliger Apathie verharrte, wurde er in die Psychiatrie eingewiesen. Ich habe ihn dort einmal besucht, aber er hat mich weder erkannt noch sonstwie auf meine Gegenwart reagiert, sondern immerzu nur seinen Bauch getätschelt. Das war das letzte, was ich von ihm gesehen und gehört habe.

Mehr kann ich Dir leider nicht bieten. Aber vielleicht kannst Du den Fall N. ja in irgendeinem Zusammenhang verwenden.

Eugen Egner

Geboren 1951 in Ingelfingen/Württemberg; lebt seit 1955 in Wuppertal; Autor von Romanen, Erzählungen, Hörspielen (für den WDR) und Kolumnen (für die Berliner Zeitung); seine Zeichnungen erscheinen regelmäßig im Satiremagazin Titanic, seine Bücher seit 2001 bei Zweitausendeins.

Bisher erschienen:

Aus der Welt der Menschen (Gesammelte Prosa & Bildergeschichten, 2001) – *Die Durchführung des Luftraums* (Neue Kurzprosa, 2002) – *Harry Rowohlt liest »Aus dem Tagebuch eines Trinkers« und andere Texte von Eugen Egner* (Hörbuch-CD unter Mitwirkung des Autors, 2002) – *Gift Gottes* (Fünf Erzählungen, 2003) – *Die Eisenberg-Konstante* (Fünf phantastische Erzählungen, 2004) – *Die Tagebücher des W. A. Mozart* (Von ihm selbst illustriert, 2005) – *Als der Weihnachtsmann eine Frau war* (Eine erstaunliche Geschichte, mit Bildern von Rudi Hurzlmeier und Michael Sowa, 2005) – *Nach Hause* (Neun makabre Geschichten, 2007).

Die beigelegte, vom Autor handsignierte Graphik wird hier erstveröffentlicht. Jeder neuen Auflage wird eine neue erstveröffentlichte Graphik beigelegt.